TAKE
SHOBO

30歳処女、年収が見えるようになったので人気絵師とエッチな契約しちゃいます♡

青砥あか

ILLUSTRATION
逆月酒乱

CONTENTS

MITSU
YUME

イラスト／逆月酒乱

30歳処女、年収が見えるようになったので人気絵師とエッチな契約しちゃいます♡

プロローグ

年度末に三十歳の誕生日を迎えた。その翌朝、目が覚めると頭上に数字が浮かんでいた。

佐田涼乃《さたすずの》は歯を磨きながら、鏡に映ったそれに首を傾げる。涼乃の動きに合わせて、数字も動く。どうやら頭上五センチあたりにくっついているらしい。手で触れてみようとするが、すかっとすり抜け、ショートヘアにしている色素の薄い猫っ毛に指先が触れた。

「なんだろう、これ……？　でも、見覚えのある数字だ」

数字は七桁で黒い。フォントは半角のゴシック体。三桁ごとにカンマで区切られている。

「明らかに、お金の数字だよね。あ、わかった私の年収額じゃん」

それも手取りではなく、額面の数字だ。

なぜ、そんなものが頭上に表示されているのだろう。寝起きのぼんやりした頭では、ろくな答えも出てこない。そもそも、こんなこと普通の状態ではない。

涼乃は顔を洗い、メイクをして出勤の準備をする。その間も数字はずっとそこにあった。

着替えてダイニングに行けば、先に食事をしていた父の頭上にも数字が見える。おはようと言って、こちらを見た父はいつも通りだ。

「ほら、涼乃ちゃんも早く食べて。お母さん、今日は早いのよ」

　これからパートへ行く母が、涼乃の前にハムエッグの皿を置く。その頭上にも数字があった。母もいつも通りなので、この数字が見えているのは涼乃だけらしい。

「陽菜乃《ひなの》は？　まだ寝てるの？」

「昨日、締め切りだと言っていたから、夕方にならないと起きてこないんじゃないか？」

　黙々と食べていた父から、苦笑が返ってきた。夜遅くに帰宅した父は、夜中に冷蔵庫を漁っていた妹と会ったそうだ。そのときに少し話をしたという。

　漫画家をしている妹の数字を確認できるのは、夜になりそうだ。

「そういえば今日は涼乃の誕生日だろう。陽菜乃はそれに合わせて仕事を仕上げると言ってたな。僕も早めに帰ってこよう」

「お祝いのケーキ、いつものとこで予約してあるわ。涼乃ちゃんの大好きなやつ」

　当たり前のようにお祝いをしようと言う両親に、気恥ずかしくなる。

「もうこの歳だし。お祝いなんていいよ。ケーキは食べるけど」

「なに照れてるの。歳なんて関係ないわよ」

「そうだぞ。いくつになっても、涼乃は可愛い娘なんだから」

　言い返さなければよかった。恥ずかしさが何倍にもなって返ってくる。

　涼乃の家は仲良し家族だ。

　涼乃は、この歳になるまで恋人を作らなかった。妹もほぼ引きこもりのような生活で、姉同様に恋人ができたことがない。両親はそれになにも言わない。将来を考えろと説教したり、結婚しろとせっついたりする代わりに、好きなだけ家にいればいいと笑う。

両親は、自分たちが亡くなったら姉妹で暮らすのも悪くないと言う。持ち家だから住むところには困らないだろうし、売ればそこそこのお金になるから、歳をとったら売って施設に入る足しにもできる。自分たちの老後資金は蓄えてあるから心配ないし、なるべく娘二人に現金で残せるようにするから大丈夫。したくもない結婚を無理にして不幸になるぐらいなら、ずっと一緒に暮らそうと言うのだ。

結婚にも恋愛にも興味を持てない姉妹にとって、本当にいい両親である。いい歳して甘えている自覚はあるが、今のこの生活から抜け出す気は毛頭なかった。

なぜならお金が貯まるからだ。涼乃の趣味は貯金で、口座の数字が増えていくことにうっとりする性癖だった。理解ある両親のもとでの実家暮らしほど、効率よくお金が貯まる環境はない。

朝食を終えた母が家を出る。続いて家を出る父に、一緒に車に乗って行くかと誘われたが断る。時間が合うときは涼乃の会社の近くまでいつも同乗していたが、今日は電車で行きたかった。

まだ肌寒さの残る春先の朝。最寄りの駅まで歩く間、通り過ぎる人々の頭上を見る。漏れなく、すべての人の頭上に数字が浮いている。

少し前を歩く男性は二軒隣の人で、名の知れた大手企業に勤めている。スマートフォンで検索すると、頭上の数字は、その会社の平均年収として発表されているものとだいたい同じ。すれ違うときに挨拶した近所の奥様は、専業主婦だと聞いていたのに数字が並ぶ。扶養内でパートをしているぐらいの金額だった。

店の前を掃除している小さな電気店の店主の頭上には、想像より大きな数字が浮いていて驚いた。会社員の数字が手取りでなく額面であるように、自営業者の場合も経費を抜いていない収入の数字なのだろう。

電車に乗っても同じだった。すべての人の年収が頭上に浮いている。

これはもう、寝ぼけているとか家族の悪戯とかではなく現実だ。けれどあまりに現実離れしていて、涼乃は呆然《ぼうぜん》としたまま出社した。

駅から会社のビルまでの道のりでも、様々な年収を見ることになった。勤め人風の人の数字は、特に興味深く眺めた。あの会社、景気がよさそうなのに年収は大したことがないのかとか、地味な会社だと思っていたけれど給与はいいのかとか。いろいろなことがわかって面白い。

自社ビル前で、初めて見るゼロの数字が浮かんだ女性。専業主婦なのだろうか。年齢は母と同じぐらい。綺麗《きれい》な顔立ちなのに、どこか疲れた空気をまとっていた。

女性は涼乃の会社を真剣な顔で見上げている。出版社なので原稿の持ち込みかもしれない。子供が巣立って生活が落ち着いたからと、作家活動を再開する人がいる。それだろうか。

小首を傾げて、会社のビルに入った。

総務課で経理担当をしている涼乃は、社員の給与を見られる立場にいる。誰の年収がいくらか、ほぼ知っていた。

「間違いない……年収の数字が見えてる……」

今までは確証がなかったので、本当に年収なのか半信半疑だったが、これではっきりした。間違いなく年収だ。

ただ、知っている年収と違う数字の社員もちらほらいた。ハンドメイド作品をネット販売しているという、同じ課の女子社員の数字も違ったので、違う数字の場合は副業などをしているのかもしれない。そういえば住民税の所得割の額が増えている社員がいた。所得割は、前年の所得に応じて負担する税金で、副業によって所得が増えると、住民税の所得割も増えるのだ。彼らが副業でいくらもうけているのか、後で計算してみようと涼乃は心を弾ませた。

その日は一日、気もそぞろで業務をこなし帰宅した。自宅での夕食は涼乃の好物が並び、ホールケーキを切り分けて食べた。ささやかなお祝いだ。

そのお祝いの間も、涼乃はそわそわしていた。なぜなら、妹の頭上の数字がころころ変化していたからだ。増えたり減ったり、これはどういうことなのか。

数字の増減を追っている間に夕食は終わり、両親は疲れたと言って風呂から出るとすぐに寝室に引っ込んでしまった。残ったのは、リビングのソファでだらけてアニメの録画を観る妹だけだ。

「ねえ、お姉ちゃん。今日、どうかしたの？」

アニメが終わったところで、妹が何気なく聞いてきた。風呂上りにダイニングチェアに座り、妹の頭上をじっと見つめながら炭酸水を飲んでいた涼乃は少しむせた。

「え？　急になに？」

「だって、ずっと心ここにあらずって感じで、気づくと視線が虚空を見つめてるっていうか」

それは頭上の数字を見ていたからだとは言えない。どうしようかと思っていると、妹が心配そうにこちらを振り返った。

「なんか会社で嫌なことあった？　誰かになにかされた？　それとも、さすがに三十路になったのがショックとか？」

最後はちゃかすような言い方だが、目は心配の色であふれていた。

「うーん……実はさ、人の頭上に年収の数字が見えるって言ったら信じる？」

妹を心配させたくなくて事実を口にしたけれど、はぐらかしているように思われるかもしれない。だが妹は、しばらく固まっていたかと思うと、テレビの録画リスト画面から地デジ画面に切り替えた。ちょうど夜のニュースの時間で、アナウンサーやコメンテーターが映し出される。

彼らの頭上にも年収が見えて、ぎょっとした。

「ねえ、テレビの人たちの年収も見える?」

「……うん。見える」

「じゃあ、このアナウンサーの年収は?こっちのタレントは?」

聞かれるままに答えると、妹はスマートフォンでなにか検索し始める。

「すごい！　アナウンサーの年収はだいたい合っているみたいだよ！　タレントは……間違ってるね。う一ん、これって去年の予測年収だからかな。もしかして見えてるのは今年の予測年収なんじゃない?」

「そっか、アナウンサーは会社員だから昇進してなければ去年と変わらないけど、タレントは仕事によってギャラが違うものね」

タレントはフリーランスと同じ扱いになるのだろうか。それなら妹も同じだから、数字が増減していたのは今年の予測年収がまだ確定していないせいかもしれない。

「陽菜乃の年収も見えてるんだけどさ、さっきから数字が安定してなくて、増えたり減ったりしてるの。これってどういうことだと思う?」

「う一ん……もしかしたら、さっき連絡があった仕事のせいかも。まだ確定じゃない仕事の話があってね、それが決まれば年内に収入になるからじゃないかな。あとは電子書籍とか?　原稿料や印税ならだいたい収入は決まってるし予測できるけど、電書は年末まで収入が未確定だよね」

年末までいくら入ってくるかわからない、とぼやく陽菜乃に頷《うなず》く。事務関係が駄目な妹に代わって、毎年、確定申告の帳簿付けを手伝っている。収支がどうなっているか把握しているし、電子書籍の支払い案内通知がいつ届くかも知っていた。出版社にもよるけれど、年末はけっこうぎりぎりまで届かない。

それから妹と、ああでもないこうでもないと頭上の数字について検証したところ、不確定要素の多いフリーランスや自営業者の数字は変動するという結論になった。ただ変動する理由は、まだよくわからない。

本人のやる気にも数字が左右されているのではないか、と妹は言う。まだ確定していない仕事を受けたはいいが、実は気持ちが揺れているらしい。涼乃の誕生祝いの間、やっぱり仕事を断ろうかどうしようかとずっと考えていたそうだ。

「とりあえず、サンプルが私だけだから、そのへんの検証は保留だね」

他にも検証できるフリーランスや自営業の知り合いがいればいいが、思い当たる人間はいなかった。しかも、どんな仕事をしているか、未確定の仕事依頼があるのかどうか、突っ込んだことまで知らないと検証できない。数字の変動について、確証を得るのはあきらめたほうがいいだろう。

「それよりさ、これってなに？　陽菜乃はやけにあっさり受け入れてたけど、こういう現象に心当たりがあったの？」

動揺したり嘘《うそ》だと決めつけたりせずに、自然に受け入れていた妹が不思議だった。聞いてみると、「ああ、それね」と頷かれた。

「都市伝説の『三十歳まで処女童貞だと魔法使いになれる』っていうやつだと思う」

突拍子もない話に、思わず眉をしかめた。

「……都市伝説？　トイレの花子さんとか、口裂け女みたいな？」

「例えが古くない？　そっちは怪談だよね。魔法使いはネット上で散発していたネタだけど、あるときから本当に魔法使いになったって話が出てくるようになって、都市伝説化したみたい」

「それで、私が魔法使いになったから年収が見えるようになったと？」

「お姉ちゃん、処女でしょ？　その三十歳の誕生日に見えるようになったんだよ。それしか考えられなくない？」

たしかに妹の言う通り処女で三十歳を迎えた。その朝から見えるようになったのだから、一考の余地はある。

「だけど、これが魔法使いの能力なの？　ネットでも年収が見えるようになったとか書かれてるの？」

「ううん。目覚める能力は人それぞれ違うみたいだし、三十歳で処女童貞だった人がみんな能力持ちになってるわけじゃないから。それに都市伝説だしね。真偽のほどはわからないよ」

そう言って肩をすくめると、陽菜乃はスマートフォンで検索した魔法使いになる都市伝説のまとめを見せてくれた。心を読む能力や物を透視する能力など、魔法使いというより超能力っぽい。

「色んな能力があるんだね。でも年収が見えるはないね」

「そうだね。数字だったら、寿命がわかる能力ってのはどこかで見たことあるけど、あと好感度がわかるとか？　年収って……ニッチだよね」

「なんでそんな能力なんだろ……」

「そこはあれじゃない？　お姉ちゃん、推しがお金じゃん」

そう、涼乃はお金が大好きだ。使うより溜《た》め込んで、投資や銀行の残高が増えていくことに快感を覚えるタイプの守銭奴だ。

陽菜乃はそれを推し活に似ていると言う。推しのグッズを集める代わりに、お金を集めているのだと。だから涼乃の推しはお金だと、日頃から言われていた。

「ねえ、他人の年収が見えるわけだけど、それってどんな気持ち？　ヤキモチ焼いちゃう？」

今日一日、他人の年収を見続けていたのを思い出して、首を傾げる。

「別に嫉妬とかはないな。人のお金は私のものじゃないし、嫉妬したところで手に入るわけでもないしね」

「そっか、見えても不愉快じゃないならよかったね」

「そうだね。どちらかというと、楽しいかな。この人、こんな稼いでるのかって、数字見てるだけでドキドキしてくる」

「推しがたくさんいたら、胸が高鳴るのは自然の摂理だよ」

うんうんと同意して頷いてくれる陽菜乃は、変わっている。普通は「お金が推し」という発想にはならない。こんな独特の考え方をする妹に涼乃は救われていた。

「できれば、もっとたくさんの数字を見てみたいな。会社員の数字はほとんど変動しないし、給与額はもとから知ってたし。正直、友達の年収は見たくないかな。気まずくなりそうだから、しばらく会わないでいたいや」

そうなると行動範囲がそれほど広くない涼乃では、色んな人の年収を見られない。妹と検証のために、スマートフォンで他人の写真を見たが、静止画では数字が表示されなかった。動画も生放送やライブ配信でないと数字が見えない。街中でぼけっと人間観察をする手もあるけれど、それだけだと早々に飽きてしまいそうだ。

難しいだろうけれど、職業などがわかって検証できる資料が手に入るといい。そんなことをつらつらと話していたら、陽菜乃がぽんと手を打った。

「それなら婚活したらいいんじゃない！」

1

急な病気療養から三ヵ月。富山泉《とやまいずみ》は、デビュー当時からお世話になっている出版社、松《まつ》書房《しょぼう》に久しぶりに顔を出した。案内された会議室でぼうっとしていると、ノック音がしてドアが開く。

「お茶をお持ちしました」

ひゅっと息をのみ、お茶と茶請けを置く女性を凝視する。彼女は、泉の担当編集が少し遅れる旨を伝える。そのとき、ふと泉の頭上を見て驚いたように目を見張ったがそれだけで、すぐに部屋から出ていってしまった。

「もしかして、僕に気づいた……？」

いや、そんなわけがあるか。彼女が見ていたあたりに、なにかあるのかと手でパタパタと探してみる。指先に前髪クリップが触れて、真っ赤になった。慌てて外したそれは、今朝、絵を描けないかと試したときに使っていたものだ。

寝不足のせいで、家を出るときに気づかなかった。

道を歩いている最中や電車内で、ちらちらと視線を感じたのはこれだったのか。春先の

麗《うら》らかさにぼんやりしすぎて、視線の意味を考えもしなかった。変な奴だと思われてそう。でも、

「は、恥ずかしい……せっかく涼乃さんに会えたのに。

そっか……ここで働いているんだ」

涼乃とは高校で同級生だった。同じクラスだったこともある。

けれど接点はなく、話したこともない。当然、彼女の苗字を呼んだことさえなかったが、心の中では勝手に「涼乃さん」と名前呼びをしていた。ファンがアイドルを愛称で呼ぶようなものだ。

彼女はあの頃からあまり容姿が変わっていなかった。当時は大人っぽくて美人で、他の同級生からも遠巻きにされていた。今は年相応というより、むしろ若く見えた。

「はぁ……相変わらず綺麗だったな」

さっきの彼女の姿を思い出すと、手がくるくると自然に動く。彼女を描きたくてうずうずしてきた。

いつもトートバッグに入れているスケッチブックと鉛筆を取り出し、さらさらと描く。

ショートヘアの柔らかい猫っ毛の質感。光に透ける色素の薄い髪と目。目尻の釣り上がった大きな猫目はクール系なのに、きゅっと上がった口角は悪戯な雰囲気がにじむ。

服の上からでもわかる豊かな胸。絞られたように細い腰と丸く張り出した臀部《でんぶ》のラインはとても美しい。女性的で重たげな体つきなのに、動作はしなやかで無駄がない。

もし猫が人間になったら、彼女みたいだろう。昔からそう思っていた。

手がすいすいと動く。喉の奥に石が詰まったような苦しさも、手が動かないあせりもない。

やはり涼乃は泉のミューズだ。芸術家たちの創作意欲をかきたてる運命の女性を、そう呼ぶことがある。初めて彼女を見たときから、そうだと思っていた。

ひと目惚《ぼ》れだとか、恋だとか、そんな浮ついた軽いものではない。泉にとって彼女は、唯一、崇拝する女性だった。

何枚か描き上げたあと、陶器の触れる微かな音にハッとして顔を上げる。担当編集の中《なか》園幹夫《そのみきお》が目の前に座っていた。

「ああ、ごめん。邪魔してしまって。気分が乗ってるなら、そのまま続けてください」

茶器を置いた中園が、自分はお菓子を食べて待っているからと笑う。さすがに仕事相手を放置できるほど、神経は図太くない。年も泉より十歳は上の相手だ。

スケッチブックと鉛筆をわたわたと片づける。今日は、次の仕事の打ち合わせと、予定の相談に来たのだった。

「いやぁ、病気とスランプだと聞いて心配してましたけど、大丈夫そうですね。スラスラと描けているじゃないですか」

中園の言葉に泉は苦笑する。

病気は薬剤による急性胃炎だ。仕事が立て込んで忙しく、整体などに行く暇もなく、ひどい肩こりを放置して痛み止めを常用していた。食事もおろそかになり、外食が増えた。

忙しさとストレスも重なったのだろう。

結果、買い出しに行ったコンビニで激しい胃痛に襲われ、吐血して倒れた。そのまま救急車で運ばれ、症状がひどかったので入院させられた。ちょうど急ぎの仕事を終えたあとだったので、各出版社に連絡して、しばらく休養することを伝えた。

イラストレーターとしてデビューした頃から仕事は順調で、お金にも困っていなかった。今は、コミカライズや画集の電子書籍印税も定期的に入ってくるので、なにか作らなければ収入が途切れるということもない。

商業以外にも、昔から同人誌も描いている。固定ファンがいるおかげで、オリジナルの同人誌や電子化同人誌の販売も盛況だ。こちらの収入がかなり大きく、商業で名前が売れると、相乗効果でさらに売上が増えていった。

おかげで、働かなくても収入がある。泉自身も、家賃と絵を描く以外でお金を使うことがほとんどなく、貯まる一方だった。

そんな状態なので、せっかくだから休養するかと、退院してからものんびりと自宅療養をしていた。思えば、十九歳でデビューしてから十年間ずっと働きづめで、長期で休んだことがなかった。それだけ仕事が順調だったのはよいことだけれど、さすがに体にガタがきたのだろう。

これからも仕事を続けたいので、きちんと体を治そうと、三ヵ月ほど休業し生活改善をした。

だいぶ体調も良くなり、久しぶりに描いてみようとペンをとったら、なぜかなにも描けなかった。療養中、まったくペンを手にしなかったわけではない。たまに落書きぐらいはしていたのだが、その落書きもままならず、無理に描こうとするとデッサンが狂う。

　最初は勘を取り戻せていないのかと思った。絵を描くにも筋力が必要なので、療養中に衰えたのだろうか。デッサンが狂うなら脳や目に異常があるのかもしれないと、病院で精密検査も受けた。

　だが問題は見つからず、描けないまま。スランプだと認めるしかなかった。

「初の成人向けマンガの仕事だけど、さっきの様子なら掲載開始を遅らせなくてもいけるんじゃありませんか？」

　泉はマンガも描けるが、挿絵の仕事が主なイラストレーターだ。ジャンルは問わない。断らずになんでも引き受けていたので、文芸から官能小説まで幅広く描いてきた。

　成人向けの仕事に関しては、別のペンネーム「イズミ」がある。今回はそちらの名義での仕事だ。

　世話になってきた中園が、成人向けコミック誌の編集部に異動したことで依頼された。イラストレーターとして人気のあるイズミが、成人向けマンガを描けば話題になる。新しい編集部での中園の立場もよくなるだろうと考え、引き受けたのだ。

　依頼内容は、月刊誌へ毎月のマンガ掲載。読み切りでも連載でもいいということだったので、読み切りを毎月掲載にしてもらった。

泉はマンガは描けるが、長いストーリーを組むのが不得意だ。たまに受けるマンガの仕事も、コミカライズが中心だった。

「いや……さっきは、たまたまというか……」

閉じかけていたスケッチブックの白紙のページを見つめ、そこに涼乃以外を描くのを想像してみる。なにも思い浮かばなかった。

「たまたま？　あのスケッチの女性は、お茶を運んでくれた佐田さんですよね？」

「ええ、彼女を見たら自然と手が動いただけで。今はもう、なにも描けないですね」

やはり、彼女は佐田涼乃で間違いないらしい。再会できた嬉《うれ》しさで口元が緩むのを誤魔化すため、お茶を飲む。苗字が佐田ということは、結婚もまだなのだろう。

「そうですか……あっ、そういえば佐田さんって、イズミさんの描く女性にどことなく似てますよね。特に、デビュー作のイラストなんてそっくりでは？」

ぶっ、と思わずお茶を吹いた。

「すっ、すみません！」

「いえいえ、大丈夫です。こちらこそ、余計なことを言ったかな……」

中園が手拭きでテーブルを拭きながら、こちらを見る。

「もしかして、同級生だったりしませんか？　二人とも同じ高校だったような？」

中園の勘のよさに体が硬直する。以前、彼に卒業高校について話したことがある。

「彼女とは前に飲み会で少し話したことがあって、そのときに聞いた高校名がイズミさんと同じだなぁと思ったんですよ。だから、もしかしてって……当たりみたいですね」

好奇心はあるが馬鹿にする気のない、こちらをうかがう視線に観念する。中園は悪い人ではないし、個人情報をぺらぺら喋《しゃべ》りもしないが、詮索好きなところがあった。

「はい……同級生です。ただ、向こうは僕のことを憶えていないでしょう」

「話したことは？」

「ないですね。同じクラスだったこともありましたが、僕はこの通り陰キャなので……遠くから憧れて見ていただけです」

「ああ～、彼女とても綺麗で色っぽいですよね。やっぱりモテてたんですか？」

「モテてたと思いますけど。大人っぽくて、みんな遠巻きにしている感じでしたね」

当時の彼女を思い出す。仲のよい友達は数人いるようだったが、広く浅い付き合いをするタイプではなかった。休み時間は読書をし、放課後は部活をせずにさっさと帰る。

どちらかというと物静かな生徒なのに、存在感があって目立っていた。

「そうなんですか。今と似てますね」

涼乃は滅多に会社の飲み会には参加せず、だいたい定時で帰宅してしまうらしい。同僚との交流も最低限で、プライベートでなにをしているか誰も知らないそうだ。

「だからなのかな。変な噂《うわさ》を立てられたりするみたいなんですよ。仕事もできるし美人だから、やっかみじゃないかなって思うんだけど」

たしかに高校生時代も、パパ活をしているのではと噂が立っていた。噂の出どころは、彼女が開いた財布をのぞいた誰かが、中に一万円札が十枚近く入っていたのを見たこと。高校生が持つには大金だ。しかも彼女は大人びた色気のある美人。

嫌でも噂にどんどん尾ひれが付き、最終的に体を売っていることになってしまった。けれども彼女は「なにを言っても信じないでしょう」と言い放ち、弁明をしなかった。その対応は正しかったのだろう。噂はすぐに沈静化したが、着せられた汚名は完全に払拭できず、彼女は一部から色眼鏡で見られるようになった。

ことの真相を知っていた泉は、なにも言えないもどかしさに悶《もだ》えた。

言えるわけがない。涼乃をストーキングしていたから、彼女がパパ活をしていないと知っていただなんて。

涼乃が大金を所持していたのは、その日、貯蓄用のお金を別の銀行に振り込むためだった。前日に、メインバンクから同額を引き落としているのを、あとをつけていて知っている。そのお金は、ドラッグストアでバイトし、こつこつと貯めたものだ。

パパ活なんてしていないのに、勘違いした男子生徒に涼乃が襲われかけたこともあった。「売ってるんだろ？」と迫って、嫌がる彼女を空き教室に連れ込んで壁に追い詰め、無理やり口付けていた。ストーキングしていた泉は、怒りを抑えながらその現場にそーっと踏み込み、背後から男子生徒の首にネクタイを巻いて背負い込んだ。ミステリ小説で読んだ地蔵背負いだ。

力はないが、背だけはやたら高かった自分に合った攻撃方法で、背負っていたのはほんの数十秒だっただろう。それでも男子生徒の動きを封じるには充分で、涼乃は逃げることができた。あとは男子生徒を解放して、泉もすぐに逃げ出した。背後で咳《せ》き込む声が聞こえたので、死んではいない。教室も薄暗く、犯人が泉とはわからなかったはずだ。

それでもしばらくは報復が怖くて、学校を休んでしまった。出席日数が危うくなったので登校すると、その男子生徒はなぜか転校していた。

「そうなんですよね、昔もひどい噂を立てられてました。それで被害を被ることもあったので、心配ですね……それで今のはどんな噂なんですか？」

また彼女がひどい目にあうのは嫌だ。ストーキングはもう無理でも、なにか手助けできることはないだろうか。

「なんでも三十路になってあせって婚活を始めたとか。お金が好きだから、金持ちを狙ってるとか。あちこちの婚活パーティーに参加しているらしいですよ。まあ、その噂をばら撒《ま》いた当人も婚活しているのだから、同じ穴の狢《むじな》だと思うんですけどねぇ」

「婚活ですか……」

ざあっと血の気が引く感覚がした。マンガなら背景は黒塗りで、キャラの目から光が消えた表現になるだろう。

その泉の様子に中園がなぜかにんまりと笑う。

「よかったら彼女との飲みの席をセッティングしましょうか？　婚活しているなら、独身の泉さんも結婚相手の候補になれるでしょうし。ねぇ、どうですか？」

今度は背景が真っ白で白目だ。この人は、なにを言っているのだろう。

「憧れていたんですよね。今も、彼女の絵なら描けているし。いっそのこと付き合ってみたらどうでしょう？　これからの創作によい刺激にもなりそうですし、今の泉さんなら収入も貯金もたくさんあります。小綺麗にすれば見た目だって悪くない。同級生だったっていうアドバンテージもある。良縁じゃないかと思うんですよ」

要するに、涼乃をあてがえば泉がスランプを脱するのではないかと、それを期待しているらしい。

「そっ、そんなっ！　むむむ無理ですっ！　僕なんて見向きもされませんからっ！」

「いやいや、大丈夫ですよ。そんな気弱にならなくても」

気弱という言葉が胸にぐさりと刺さる。こんな自分が昔から嫌で、変わりたいと思うけれど、なにもできないでこの年齢まできた。今さら、恋愛も結婚も無理だ。弱い男なんて、女性から相手にされない。

「私が取り持つので、その場にきてくれればなんとかしますって。佐田さん真面目で読書家だし、泉さんと合うと思うんですよね」

「いいえっ！　結構です！」

頑なに固辞して、次の仕事の予定も立てられないまま出版社をあとにした。

だが、やはり断らなければよかったと悶々《もんもん》としていた。涼乃が婚活しようが、誰と結婚しようが泉には関係ない。高校の頃にストーキングはしていたが、恋愛感情というより崇拝だ。ファンがアイドルの追っかけをしているのに近い。

それなのに、彼女が誰かのものになるのかと思うと落ち着かなかった。あの年で、あれだけ美しいのだ。今まで、恋人もいただろう。そういった相手のことは気にならないのに、結婚だけは嫌だった。彼女が根本から変わってしまうような不安がある。

自分でも思うが、面倒なファン心理だ。

それにスランプの今、描けるのは涼乃だけ。そんな中で再会したのは、なにかの運命かもしれない。とはいえそれは泉にとってだけで、涼乃からしたら勝手に運命にされて迷惑だろう。だが、彼女は一筋の光明だった。

また会いたい。会って、彼女を描きたい。

婚活で見知らぬ男とたくさん出会っているなら、その中の一人に自分が加わってもいいはずだ。会話はできなくても、視界にとらえられれば、また絵が描けるだろう。

結婚だとか付き合うとか、そんなことはどうでもいいので、涼乃に会いたかった。きっと会うだけで創作意欲がわく。

彼女に会いたい気持ちと、スランプを脱して、大好きな絵を描ける毎日を取り戻したいという気持ち。その二つの欲求に、比喩表現でなくまさにベッドの上で唸《うな》りじたばたする。

マンガの掲載開始までにはまだ時間があるので、中園から催促の連絡もない。むしろ、開始は引き延ばせるので、スランプを脱したら連絡をくださいと言われている。

仕事話を口実に、やっぱり涼乃との飲みをセッティングしてくださいと連絡もできない。

そして、スランプから脱出できる兆候もなかった。

だが打ち合せから一週間後。中園からメールがきた。

『この間はどうも。調子はどうですか？　ところで、来週の日曜に下記リンクの婚活パーティーに佐田さんが参加するそうです。泉さんも参加してみたらいかがでしょう？』

なんでも雑談ついでに噂の真相について本人に聞いてみたら、本当にあちこちの婚活パーティーに参加していたそうだ。結婚も視野に入れているが、今は様々な男性と出会って自分に合う人を吟味しているらしい。

メールをもう一度読む。婚活パーティーなら、その他大勢に紛れられる。うまく話せなくても、この歳まで結婚できなかった男なら仕方ないと思われるだろう。

飲みの席で元同級生だとか、涼乃の会社で仕事をしている作家だと紹介されるよりいい。彼女だって自社と取り引きのある作家だと知れば、本心で接することはできない。変に圧力をかけたくもなかった。

最後に貼られたリンクを、泉は迷うことなくクリックした。

婚活で出会った相手の年収が見えるこの能力。喉から手が出るほどほしい人もいるだろう。

だが涼乃は、その能力で相手の年収を見るだけで満足していた。うっかり結婚や恋人関係になって処女を失えば、この能力はなくなってしまう。

なにがあっても処女を死守しよう。そう決意して、週末には婚活パーティー会場を梯子《はしご》して回っていた。

「へえ、出版社に勤めてるんだ。有名な作家さんに会ったことある？」

「出版社勤務といっても総務課の経理担当なので、作家さんと会う機会はありませんね」

にこりと微笑んで、適当に流す。前の男性も同じような質問だった。それにしても、初対面なのに敬語で話さないこの男性に辟易《へきえき》していた。

女性相手なら敬意は必要ないと思っているのか。それとも婚活にくる女性相手ならば、一気に距離を詰めても失礼ではないと思っているのか。

どちらかわからないけれど、初対面からタメ口で距離感が近い相手は男女関係なく遠慮したい。

自己紹介タイムの五分が早く過ぎないかなと、涼乃は男性の頭上に視線をやった。婚活パーティーのプロフィールカードに書いてある年収と、かなり乖離《かいり》した数字だ。

手元のカードには年収一千万円台の数字が記入されているが、頭上に見えるのは二百万円台前半の数字。サバを読むにもほどがある。

今日、参加しているのは、ハイステータスな男性が集まる婚活パーティー。医者や弁護士、経営者など、一般的に年収が高いと言われている職業の男性が集められている。対して女性の条件は年齢三十歳までで、若さが求められていた。

涼乃はぎりぎりの年齢で、ざっと会場を見た限り、女性では一番年上だろう。ちなみに参加費は女性のほうが高い設定だった。

それにしても先程から、頭上年収とプロフィールカードの年収が一致していない人ばかりだ。今まで参加した婚活パーティーでもそういう男性はいたが、ここまで多くない。しかも顔がよくて社交性の高いタイプに年収の齟齬《そご》がある。

恐らく、サクラだろう。

どんな女性が集まるかよくわからない婚活パーティーに、ハイクラスの男性がたくさん集まるとは思えない。参加登録もネットからで、受付窓口では身分証の提示だけ。いくらでも経歴は詐称できる。

逆に女性の年齢条件がかなり若いパーティーには、女性のサクラが多いはずだ。

男女ともに身元がきちんとしている人と出会いたいなら、結婚相談所に登録すべきだろう。

「ところで年齢条件ギリギリだよね。結婚にあせって、こういうパーティーに参加してるの？」

癪《しゃく》に障《さわ》る言い方だった。サクラの立場を利用して、高年収男性狙いの女性を小馬鹿にして憂さ晴らしでもしているのだろうか。

「そうですね。そうかもしれません」

曖昧に笑って、答えになってない返答をする。

失礼な男だ。けれど涼乃も結婚する気もなく、こんな場所にきて人様の年収を眺めて楽しんでいるのだから、人のことは言えない。

「俺さ、子供好きなんだよね。だから君は年齢的にちょっとアウトなんだ……でも、結婚しないなら君もありかな」

涼乃は笑みを深める。サクラな上にヤリ目的だ。こうやって何人もの女性をお持ち帰りしてきたのだろうか。

チェックシートに書かれた彼の名前の横に、大きくバツをつけた。

能力のために処女を守りたいのもそうだが、昔から涼乃は性的なことに興味が薄かった。けれど成長するにつれ、異性の性的な視線が自分に向けられるようになり、あらぬ噂を立てられた結果、性行為には嫌悪感すら持つようになった。

だいたい性行為は女性側にばかり負担が多く、コスパが悪い。妊娠や病気のリスク。もし望まない妊娠をしたら、堕胎して心身ともに傷付くのは女性だ。結婚できなければシングルマザー。経済的にも社会的にも苦労する。

誰にも言わず、病院にもいかずに出産して乳児を死なせれば、女性だけが犯罪者。種付けした男が責任を問われることはまずない。

運よく結婚できたとしても、相手がクズ男だったら人生が終わる。仕事を辞めて子育てしてキャリアを失くし、夫になにかあったり離婚となれば、子供を抱えてあっという間に困窮するだろう。こんなリスクばかりの性行為をする必要性がわからないし、性行為に至る可能性のある恋愛をするのも拒否感があった。

それに相手の負担をなにも考えない、女性に対して上から目線で、性的搾取をしても許されると思っている男性が大嫌いだった。

「私、子供は望んでいませんので、あなたとはご縁がないようですね。あとサクラにも興味ありません」

図星だったのか、男性が表情を引きつらせた。

「はい！　では五分の自己紹介タイムが終了したので、女性は隣の席に移ってください！」

ちょうどいいタイミングで移動となった。

自己紹介タイムは参加者全員とプロフィールカードを交換して、話せる時間。男女がテーブルを挟んで向かい合った席が、会場の中に円形に設置されている。まるで椅子取りゲームだ。その椅子を、女性が回転するように移動していく。

通常の婚活パーティーでは、移動するのは男性だった。ここでは男性が上位で、女性は選んでもらう側なのだ。

今の自分は、男性から金目当ての女と思われているのだろうか。年収の数字見たさに参加しているので、間違いでもないと思いながら隣の席に移動する。

さて、今度の男性の年収は、と顔を上げて目を見開く。

数字の桁が多い上に、どういうわけか数字が上昇している。恐らく、今回のパーティーの中で一番数字が大きいだろう。

自営業者だろうか。自営なら経費が引かれる前の収入で表示されると、今までの経験から判明していた。

気もそぞろで挨拶し、交換したプロフィールカードに目を落とす。

イラストレーター・マンガ家とあった。妹と同じ、フリーランスだ。それであの数字ということは、かなりの売れっ子作家だし、うちの出版社とも仕事をしているかもしれない。

なにか失礼をしたら、あとで会社で顔を合わせたときに面倒だ。さすがにペンネームは載っていないので、取り引きのある作家かどうかはわからなかった。

名前欄には「イズミ」とだけある。ここに本名は書かなくてもいいので、ニックネームだろう。涼乃も「スズ」としか書いていない。さすがにペンネームではないはずだ。

それにしても、あの数字の跳ね上がり方。既視感がある。この間、来社した作家にお茶を出したときだ。あのときの作家も、同じように数字の桁が多く、なぜかどんどん増加していったのを憶えている。

そっと視線を上げると、相手はプロフィールカードを読んでいる最中だった。

やっぱり……あのときの作家だ。数字にばかり目がいっていて記憶がおぼろげだが、彼だと思う。

会議室で応対した彼は、肩にかかる長い髪を適当に結び、前髪をクリップで無造作に留めていた。艶のない黒髪は少し寝癖がついていて、黒いTシャツにカーキ色のチノパン、サンダルという、部屋着でちょっとそこまで出てきたといった姿だった。

顔色の悪さと目の下の隈《くま》から、あまり寝ていないのもわかった。締め切り前の妹に似ていたのだ。

それが今日は、きちんとトリートメントをしたのだろう。髪には艶があり、オシャレにハーフアップにされている。

服装もライトグレーのカットソーに紺色のジャケットを羽織った、清潔なオフィスカジュアルといった感じだ。

気弱そうな表情と、寝不足の顔色なのが残念だけれど、作家だと言われれば風情がある。顔は地味だが整っていて、背はすらりと高い。仕事柄、日にあまりあたらないのであろう肌も綺麗で色白だった。

さぞ、女性陣から人気があるだろうと思ったが、記載されている年収は、最低条件の一千万前後とある。補足に不安定な職業なので収入には波がありますと、リスクを明記してあり誠実だ。けれど、これだと女性は躊躇《ちゅうちょ》するだろう。

そもそも頭上の年収を見る限り、一千万円前後というのは大嘘。経費を抜いて税金を支払ったとしても、それなりの額になるはず。

なぜ逆サバを読んでいるのだろう。お金目当ての女性除けなら、このパーティーに参加するのは間違いだ。もしかして大きな借金やローンを抱えていて、その返済のせいで年収を低く申告しているのだろうか、と考えながら口を開いた。

「はじめまして、イズミさん」

「あっ、はははははいっ！　はじめまして、すすすずさんっ」

大丈夫だろうか。最後に舌を嚙《か》んだのか、涙目で口を押えている。

「緊張されてます？　もしかして、こういうパーティーは初めてですか？」

とりあえず当たり障りのないところから攻めてみるが、イズミは「あっ」とか「うっ」とか詰まったような音を発したあと、「はい、しょうですっ」とまた嚙んで返答した。声もひしゃげている。

これはあれだ。うちの妹もそうだが、職業柄、普段あまりにも人と会話をしていないので、口回りの筋肉が退化している。そのせいで声が変に高くなったり、つっかえてしまう。初対面の人と相対することも少ないので、変に硬くなってもいる。

勿論《もちろん》、例外もいるが、独身の一人暮らしで専業作家だと引きこもりがちになるだろう。ぱっと見の印象で決めつけてはいけないが、交友関係が広そうには見えない。

そういえば前の男性と話している間、隣の席の雰囲気が微妙なのを感じていた。このせいだったのか。

「イラストレーターさんなんですね。実はうちの妹はマンガ家で、ちょっと親近感がわきました」

「えっ、そっ……そうなんですかっ。すっ、スズさんは出版社、勤務なんですね」

こちらから話を振ると、少し雰囲気が緩んだ。妹と同じ職業というのがよかったのかもしれない。

そして不思議なことに、頭上の数字がぐんっと上昇する。なにに影響されたのだろう。

会社に来たときも急に数字が上がったので驚いた。

「総務課なんで、普段、作家さんとは関わらないんですけどね」

この間、会社で会ったことを憶えているだろうか。探るように目をのぞき込むと、あからさまにイズミの目がぐるぐると泳ぐ。下手に突っ込むと、また緊張してしまうかもしれない。

時間は五分しかないのだ。イズミがリラックスするような会話をしたい。

さっきの男性は五分が苦痛だったのに、彼相手ならたくさん話していたいと思う。きっと頭上の数字のおかげだ。

額が大きい上に、上昇していくので、見ているだけで面白い。

「マンガ家ともありますが、イラストとどちらがメインなんですか?」

「……イラストです」

「そうなんですか。男性向けで、小説の挿絵の仕事とか?」

「は、はい。ラノベが多いですけど、文芸系も描きますね」

「文芸ですか。じゃあ、萌《も》え系のイラストというより、リアル調か劇画調なんですね」

「ええ、リアル調で、綺麗系だってよく言われます。崩した絵はどちらかというと不得意で」

「作画環境はどんな感じなんですか? うちの妹はすべてデジタルで、よくタブレットで絵を描いてるみたいなんですよね」

なんだか婚活の会話というより、編集と作家の会話のようだが、イズミの得意分野だからか喋りがどんどんどんなめらかになっていく。緊張で不自然に上がっていた肩も落ちてきて、表情も穏やかだ。

始終、イズミの仕事関係の会話で五分が終わってしまった。

それから数人との自己紹介タイムを経て、自由に相手を選んで会話ができるフリータイムとなった。当然のようにイズミのもとに行き、時間いっぱい彼と話した。

会話というより涼乃が一方的に話を振り、それに彼が答える形だったが退屈はしなかった。涼乃が笑いかけたり、少し体に触れるだけで、彼の年収が増加するからだ。逆に、会話が途切れて沈黙すると、数字がぐんぐん下がっていく。

なるほど。彼の情緒に数字が引っ張られているらしい。年収のはずなのに、それでいいのだろうか。

気分のバロメーターみたいだが、気持ちの浮き沈みに作品の質が左右され、売り上げが変わると妹が言っていた。作家にとってメンタルの維持というのは、思ったより大事なことなのかもしれない。

涼乃と話すだけで、こんなに数字が変化するなら、もっと喜ばせて増加させたくなる。大好きなお金が増えるのを、目視できるのは楽しい。

「私、マッチング希望にイズミさんの名前を書きますね」

フリータイムの終わりにそう告げる。とたんにイズミの年収額が跳ね上がった。嬉しかったらしい。

思わずくしゃりと笑み崩れて彼を見れば、頬を染めている。可愛い人だ。性的にガツガツしたり、威圧的でないところが、涼乃にとっては好印象だった。

会話も妹と話すようなことでいいので気楽だ。オタクっぽい話にもついていけるし、涼乃も読書家なので、小説やマンガの話で盛り上がれた。

「イズミさんも、私の名前を書いてくれますか?」

「は……はいっ! 喜んで!」

こうして涼乃は、無事にイズミとカップリングが成立した。

2

婚活パーティーは、涼乃との会話以外はさんざんなものだった。相手から話を振られてもまともに応えられず、返事ができても声が裏返っていたりどもったりと、挙動不審だった。

仕事関係や店舗以外で見知らぬ女性と話すなんて、美大を卒業して以来だろう。緊張であがってしまったせいもあるけれど、正直、涼乃以外の女性には興味もないので、なにを話せばいいかもわからない。話さなくてもいいのなら、そうしたいぐらいだった。

そんな気持ちも態度に出てしまったのか、女性にはあからさまに溜め息をつかれたり、眉をひそめられたりした。中には「キモっ」とこぼす女性もいた。

実際、陰キャでキモイのは事実なので、憤るよりも申し訳ない気持ちでいっぱいになった。そのあとに席に着いたのが涼乃だ。

この間、出版社で会ったことに気づくだろうか。同級生だったことも。

彼女と対面で話すのも初めてで、緊張はピークに達した。他の女性たちを相手にするよりずっとあがってしまい、ぶわっと汗が全身から吹き出し、頭は真っ白になった。

なにも話せない。せめて、涼乃の姿だけでも目に焼き付けて帰ろう。そしてスケッチするのだ。そう思っていたのに、彼女とは会話ができた。

はじめはぎこちなかった。声も裏返っていて、きっと気持ち悪かったはずだ。けれど涼乃は嫌な顔ひとつせず、こちらが応えやすい話を振ってくれて、仕事の話をすれば「すごいですね、面白い」と褒めてくれた。上辺だけでも嬉しかった。

きっと彼女の妹がマンガ家だから、同じくくりとして扱われたのだろう。作家の相手に慣れている編集と似た感じで、本当に話しやすかった。

たくさん気を遣わせてしまった。泉は楽しかったけれど、きっと涼乃はつまらなかったはずだ。

それなのにフリータイムでも泉のもとにきてくれて、カップリングの成立までした。夢を見ているか、騙《だま》されているに違いなかった。

けれど詐欺でもいい。涼乃と話せて、彼女の姿を観賞もできるのなら、いくらお金を騙し取られてもいいという気持ちでパーティー後にカフェへ移動した。そこでまた楽しく会話をさせてもらい、帰り際には連絡先交換と次に会う約束までできた。支払いは割り勘だった。

おかしい。金品をねだられたり、怪しげな高額商品の契約をさせられたり、宗教の勧誘にあったり、そういうことがなにもなかった。

そうか次に会うときに、なにかあるのだろう。細く長く搾り取るのかもしれない。それか仲間が現れて、美人局にあう可能性もある。殴られたりして怪我はしたくないので、現金を用意していったほうがいいだろう。涼乃と会う当日まで、そんなことを考え札束を準備した。

「さすがにまだか……待ち合わせの一時間前だしね」

やってきたのは、敷地内に美術館や博物館がある広い公園。その中にあるカフェが、今日の待ち合わせ場所だ。

店員に案内されたテラス席に座る。パラソルがあり、新緑の茂る木々に囲まれた人目につかない席で気分が落ち着く。店側に背を向けてしまえば、視線も気にならない。

朝、メッセージアプリで待ち合わせの確認をしたとき、最寄り駅についたら連絡すると涼乃は返信してきた。それまで少しだけスケッチをしよう。

スマートフォンをテーブルに置き、タブレットとペンを出す。普段はスケッチブックに鉛筆で描くのが好きで、持ち歩いている。紙と鉛筆の感触は気持ちいいけれど、荷物になる。

仕事とは関係ない用事があるときは、タブレットを持ち歩き、気になったらデジタルでスケッチするようにしていた。

お絵描きアプリを立ち上げると、涼乃のスケッチがずらりとサムネイルで並ぶ。

彼女とマッチングが成立して、今日会う約束をしてから手が止まらなかった。デジタルとアナログ、両方で彼女を描き散らした。

相変わらず涼乃しか描けないのだが、画面に彼女がいるだけで背景も小物もするする描けた。コスプレだと思えば、涼乃をベースにして様々なキャラに発展させることも可能だった。

やっぱり涼乃は、泉のミューズだ。

サムネイル一覧をスクロールする。下のほうには、高校時代にこっそり描いた涼乃のスケッチもある。

これらはアナログのスケッチを、画像として取り込んだものだ。これで、いつでもどこでも高校生時代から現在までの彼女を見られる。

高校時代のスケッチはかなりの量があるが、盗撮はしなかった。うっかり誰かに見つかったり、流出したりしたら嫌だったからだ。

それに自分で描いた涼乃は、泉だけのものだ。

新規ページを開き、ペンを走らせる。楽しい。自在に、思い通りに手が動く。涼乃を思い描くだけで、気持ちが高揚して想像が広がっていく。

一枚描き終わって、新たにページを立ち上げる。まだそんなに時間もたっていない。あと二枚ぐらいは描けるだろう。ペン先を画面にあてると同時に、人影が目の前に落ちてきた。

「こんにちは、イズミさん」

「えっ……わあぁっ！　す、涼乃さんっ！」

しまった。スマートフォンに通知があったのに、集中しすぎてて気づかなかった。

振り返り、慌てて立ち上がろうとしてタブレットを落とす。あれを見られたら困る。

「わっ……大丈夫ですか！」

タブレットは涼乃の足元へすべり、泉は足をもつれさせてテラスに膝をつく。涼乃の形のよい細い指がタブレットを拾い上げるのを、呆然と見つめた。

開いたばかりの新規ページであってくれと願うが、目を見張った涼乃が指を上下にすっと動かす。

終わった。スクロールしている。もしかしなくても、サムネイル一覧のページが開いてしまったのか。

「これって……全部、私？」

サムネイル一覧で確定だ。下のほうまでスクロールしたらしい涼乃が「えっ、高校時代？」と驚愕《きょうがく》している。

「もっ、もももも……申し訳ございませんでしたあああぁっ！」

床に手と額をついて謝る。土下座だ。血の気がすうっと引き、頭がくらくらする。

これから涼乃にどんな目で見られるのだろう。蔑み、罵倒、嫌悪。想像しただけで吐きそうなのに、そういう表情を間近で見てみたいとも思う。悲しい作家の性だ。

「えっ？　なんで数字が下がったと思ったら、上がるの？」

涼乃がなにかぶつぶつと小声で漏らしているが、なんのことだろうか。それより、どんな表情をしているのか見たい。誘惑に負けてちらりと視線を上げると、周囲の注目が集まっていた。

タブレットを胸に抱えた涼乃は困ったような顔で、四つん這《ば》いになった泉に手を差し出す。

「とりあえず、お店を出て外で話しましょう」

「は、はい。すみません……」

地面についた手を汚いとも言わずに摑《つか》んで引っ張り上げ、呆然としている泉の膝をぱたぱた叩《はた》いてくれる。なんて優しいのだろう。やはりミューズで女神だ。

涼乃は落ちていたペンも拾うと、泉のレザートートバッグを持ち、踵《きびす》を返す。その背中を、伝票とスマートフォンを持って追いかけた。

店を出てトートバッグは返してもらえたが、タブレットは相変わらず涼乃の胸に抱かれている。無言でずんずん歩いて行く彼女についていくと、木立の陰で人通りのない場所に出た。

「そこで話しましょう」

木陰のベンチに腰掛けた涼乃が、隣をぽんぽんと叩《たた》く。

座っていいのだろうか。地面に正座をして断罪されるべきなのではと思ったが、彼女の隣に座りたい欲求に負けた。おずおずと端のほうに座る。それだけで嬉しくて胸が熱くなる。

「……なんで上がるの？」

ぼそっと、涼乃がなにか呟《つぶや》いた。見れば、彼女が前のときのように泉の頭上を見つめている。婚活パーティーでもそうだった。

「なんですか？　なにか付いてますか？」

また前髪クリップでもあるのだろうか。髪を触ってみる。

「いえ、なにも付いてません。えっと……考え事するときの癖みたいで。ごめんなさい」

なにかを誤魔化すような笑いが気になったが、すぐにすっと表情が硬くなった涼乃に、泉は姿勢を正した。

「それより、さっき私のこと涼乃って呼びましたよね？　なんで本名を知ってるんですか？」

ひゅっと喉が鳴り、血の気が引く。うっかりした。心の声が出てしまっていたなんて。

なにかいい言い訳はないかと考えるが、思いつかない。

「……もしかして、知り合い？　たしか同じ学年でしたよね。同級生とか？」

涼乃は訝《いぶか》しむ表情で顎に手をあてる。婚活パーティーで交換したプロフィールの内容を思い出しているのだろう。さらに手に持ったタブレットに視線を落とし、「ああ、だから私の高校時代の絵を……」と呟く。

もう駄目だ。高校時代の同級生とバレた。しかも顔もろくに憶えていない相手から、下の名前で呼ばれていたなんて、気持ち悪いだけだろう。

後ろめたさに、口から胃が出そうだ。いっそ吐いてしまいたい。

「うーん……ごめんなさい。誰だか思い出せないんだけど……」

「も、ももも申し訳ございませんでしたっ！」

謝る。その一択しか思いつかなかった。

「僕の本名は富山泉。涼乃さ……佐田さんとは同じ高校で、一年生のときに一度だけ同じクラスになったことがありますが、それ以外で関わったことは一切ありません。お話ししたこともなく、遠くからあなたをずっと見て……いえ、嘘です。ずっとストーキングしていました！」

勢いですべて白状し、ベンチから地面に下りて土下座した。やはりこれしかない。

涼乃から戸惑う声と空気が伝わってきたが、顔を合わせるのが怖い。泉にとって、涼乃は唯一無二の存在だ。勝手にファムファタールとしているが、今風に言えば推し。その推しに、心底嫌われ軽蔑されると思うと、このまま消えてなくなりたかった。

土下座のポーズは、今の泉のメンタルを守るのに最適でもある。謝罪しているのに、自分の保身をするなとも思うが、体はガチガチに固まりこの姿勢から動けそうにない。涙もにじんできた。

そんな泉の肩に、そっと柔らかいものが触れる。見れば涼乃の手だった。

「あの、怒ってないから……顔を上げてください。ちゃんと話をしませんか？」

肩を押されるようにして、上体を起こす。涼乃は苦笑していて、その目にも雰囲気にも泉を蔑む色はなかった。

やはり本物の女神ではないだろうか。

「な……なぜ？」

「もしかして、高校のときに私のことを助けてくれたのって、イズミさんじゃないですか？」

泉の前に両膝をついた涼乃が目を伏せ、少しつっかえながら男子生徒に無理やり空き教室に連れ込まれた話を始める。

言葉が途切れたり、声が上ずる。呼吸も浅くなっていて、時折、息が乱れて苦しそうだ。

こういう喋り方を知っている。

よく見れば、微かに手も震えていた。精神的に大きなショックを受け、思い出したくないことを話すときの反応。自分の意思でコントロールできないそれに、泉もよく悩まされてきた。

ああ、そうか。彼女はあのときのことに苦しめられてきたのだ。今もまだ、その傷を抱えている。

これ以上、見ていられなくて、食い気味に涼乃の言葉をさえぎる。

「もう、いいです。その生徒の名前って……」

男子生徒のフルネームを言うと、涼乃の肩がびくっと跳ね、緊張した面持ちで頷く。

「あのとき見たことは、誰にも話していません。面白おかしく脚色して作品のネタにしたり、あなたの尊厳を傷付けるようなこともしていないはずです。これからも絶対に口外しませんし、それをネタにあなたを脅すようなことも絶対にしないので、安心してください」

あの出来事は、高校で噂にならなかった。ということは、あの男子生徒は口止めされ転校処分となったのだろう。学校側も知っていて、内々にことを収めたのかもしれない。

きっと涼乃は、助けられた恩も感じているだろうが、泉がどういう態度に出るかわからなくて怯《おび》えている。

他人からしたら、もう昔のこと。なにを今さら、その年で思い悩むことじゃない。脅しのネタにもならないと言われるかもしれないけれど、本人の中ではまだなにも終わっていないのだ。

どんなに時間が流れても、癒えることのない傷はある。それを他人が軽々しく扱ってはいけない。こうして気づいたなら、尚さらだ。

涼乃の不安を、すべて取り除いてやりたい。その思いを言葉にして叫んだ。

「僕はあなたの奴隷です！　あなたが怖がることは絶対にしません！」


スズとしか教えていないのに、「涼乃さん」と呼ばれて少し驚いた。けれど嫌な感じはしなくて、それよりも足元に転がってきたタブレットの中身に意識を全部持っていかれた。

綺麗な絵で、どこかで見たことがあると思った。すぐには思いつかなかったけれど、妹がファンだと言っていたイラストレーター、イズミの絵だ。ペンネームをそのまま、婚活のプロフィール名にしたらしい。

彼のイラストは、妹が興奮して語るのも納得の美麗さだった。けれどサムネイルをいくらスクロールしても、同じ女性のイラストしかない。ポーズや表情、衣裳《いしょう》、設定は違うようだけれど、顔と髪型が変わらないので同一人物だろう。

それになんだか、見覚えがある。

「これって……全部、私？」

まさかねと首を傾げ、さらにスクロールすれば制服姿になった。その制服は、通っていた高校のもので、ここまできたら自分のイラストだと確信した。

けれどやっぱり名前を呼ばれたのと同じで、嫌悪感はなく、むしろこんなに美しく描いてもらえたのが嬉しかった。

厚塗りのリアル調のイラストだけれど、けっして写実的なわけではない。涼乃に似てはいるが、涼乃自身でもない。彼の目を通した自分だった。

イズミには、涼乃がこんなにも綺麗に見えている。そう思うと胸がざわついた。

だから土下座する彼にはあせったし、そこまでしなくていいと申し訳なくなった。

カフェを出て落ち着いて話そうと思ったのに、急にストーキングしていたと告白されたのには驚いた。だが、名前を聞いて彼のことを思い出し、納得もした。ストーキングでもしていなければ、あのタイミングで涼乃を助けられない。

高校の頃、彼と話したことは皆無だ。けれど学校以外の場所で、彼の姿をたびたび見かけていた。それで興味を持ち、彼が富山泉という名だと知った。

下校後に寄った公立図書館。友達と行ったカフェ。バイト先のドラッグストア。休日に家族と出かけたショッピングモール。よく彼と出会うなと思った。けれど、目が合ったり話しかけられたことはない。遠くに彼の背中や横顔を見かけるだけだったのでただの偶然だと思い、ストーキングをされているなんて考えもしなかった。

普通ならこんな話を聞かされたら気持ち悪いと感じるはずなのに、むしろストーキングするだけでなにもしてこなかった彼に好感すら持てた。無断でイラストを描かれていたけれど、美麗なだけでいやらしさはない。そのイラストも、涼乃が知る限り世に出ていないのだから、なんの被害にもあっていないようなもの。

嫌悪する要素がなかった。その上、こんな死にそうな表情で謝られては、そんなに思いつめないでと言いたくなる。

それに比べて、高校生の頃に涼乃を襲った男子生徒。もう名前を思い出すのも嫌な相手だ。

その男子は、涼乃がパパ活をしているという噂を信じ、「オッサンとやるぐらいなら、若い俺のほうがいいだろ」と迫ってきた。なにが「俺のほうがいい」だ。その根拠のない自信はどこからくるのか。オッサンも御免だが、なぜ若いだけで受け入れられると思うのか理解できない。

しかも彼は、あの事件を学校側で問題にされても、反省もしなければ謝罪もしなかった。

ただただ、自分の保身と受験に影響がないか心配していただけ。いっそ受験も就活も潰してやりたかった。内密に終わらせたのは、涼乃が学校で変な注目を浴びたくなかったのと、早く忘れてしまいたかったからだ。

あのとき助けてくれたのが、富山泉なのかもしれないとは思っていた。後ろ姿が、よく見かける彼と似ていたからだ。けれど事件後、彼はしばらく学校にこなくて、聞く機会を失った。涼乃も自分のことでいっぱいいっぱいで、話を蒸し返す気になれなかった。もし彼でなかったら、自分から嫌な事件を暴露することにもなる。

なにか言いたいことがあれば、向こうから接触してくるだろうと思いながら過ごしていたが、それもないまま卒業した。

今でも、ふとしたときに思い出すあの事件の嫌悪感。それと一緒に、助けられたことも思い出し、救いにもなっていた。

再会したら、きちんと事実を確認してお礼が言いたい。そう思っていたのに、いざとなると言葉がうまく出なかった。一緒にわき上がる嫌悪感と、イズミ――泉がどう思っているのかわからない不安。過去を話すことが怖くて、もう大人なのに手や唇が震えた。

急に弱くなってしまった自分に動揺していたら、泉に言葉をさえぎられた。

告げられた男子生徒の名前に頷く。やっぱり彼が助けてくれたのだ。

「あのとき見たことは、誰にも話していません。面白おかしく脚色して作品のネタにしたり、あなたの尊厳を傷付けるようなこともしていないはずです。これからも絶対に口外しませんし、あのことをネタにあなたを脅すようなことも絶対にしないので、安心してください」

泉の先回りした言葉が、すとんと胸に落ちてくる。そんな心配なんてしていなかったし、考えてもいなかったのに、霧が晴れるように心が軽くなった。

無意識に、過去を知る彼にも怯えていたのだろう。自分でも知らなかった気持ちを、彼がすくい上げてくれた。

だから次の言葉には唖然《あぜん》とした。

「僕はあなたの奴隷です！　あなたが怖がることは絶対にしません！」

「……奴隷？」

礼を言おうと思っていたのに、奴隷のインパクトに驚いて瞬きする。

「はい、奴隷です。昔から崇拝していました。今日は、いくらでも巻き上げられる覚悟でここにきたんです」

そう言うと、泉はトートバッグから分厚い封筒を取り出した。

「これは過去にストーキングした慰謝料と、つい最近も含めて勝手にモデルにして描いていたモデル料です！」

押しつけるように渡された封筒を開くと、帯封のついた札束が入っていてぎょっとする。泉を見ると、「よかった。渡せた」と恍惚《こうこつ》とした表情をしていた。どうしてそうなるのか、理解できない。

「こ、こんな大金、いただけません！」

　正直、お金は好きだ。現金の威力はすさまじく、一瞬、気持ちが揺らいだが、もらえるわけがない。

「助けてくれた泉さんが慰謝料を払うのは違うと思います。ストーキングされてるなんて気づいてなかったし、むしろそのおかげで私は助かったので、お礼を言いたいのはこちらです。助けてもらったことで、ストーキングの件は相殺としましょう」

　なぜかショックだという表情をされる。頭上の数字まで急降下するのは、どういうことなのか。

「え、そんな……では、お布施ということで」

　お布施されるような宗教活動はやっていないので、オタク的な意味のお布施なのだろう。泉にとって、涼乃は推しみたいなものらしい。

「いただけません。うちの出版社の作家さんでもあるので、そんな方から個人的に意味もなくお金をもらったら、なにか問題になるかもしれません」

　実際にどういう規約に触れるかわからないし、問題はないかもしれないが、額が大きすぎる。断固拒否していると、泉は項垂れ、その頭上の数字がさらに下がっていく。

　なぜ、ここで数字が下がるのか。むしろ涼乃に貢がないのだから、そのぶん上がってもいいはずなのに。

「とりあえず、ベンチに戻りましょう」

貢げなくてしょげている泉の腕を引いて、ベンチに並んで座り直す。その隙に、札束の入った封筒を泉のトートバッグに忍び込ませた。

それにしても、涼乃に関することで数字が乱高下しすぎている。なぜ自分が、こんなに泉の年収を左右するのかわからない。いくら推しだといっても、なにかおかしい。

「あ、そうだ。このタブレットも返しますね。よく考えたら、勝手に見てしまって、ごめんなさい。とても素敵なイラストだったので、ついもっと見てみたくなってしまって」

「いえ、不愉快になってないのならいいんです。最近は涼乃さんしか描いてないから、気持ち悪がられても当然なのに。素敵なイラストだなんて……嬉しいです」

「私しか描いてないんですか？」

プロで仕事があるはずなのに意外だ。もしかして涼乃をモデルにしたキャラクターでも描いているのだろうかと、聞いてみた。

けれど泉は、涼乃をモデルにしたキャラクターで仕事はしていないと首を振る。

「涼乃さんをモデルにして描いたもので世に出ているのは、デビュー作のイラストだけです。勝手にモデルにしてしまって、すみませんでした」

「いえ、気にしないでください。泉さんのイラストを見る限り、これはもう泉さんの作品で私とは違うと思います。それに、イラストを見て私だと特定する人も滅多にいないと思いますよ」

周囲で騒ぎになったことはないし、写真でもないのだから肖像権もないだろう。なにか言われても、似ているだけだと誤魔化せる。ただ、どんなイラストなのか気になった。

妹に聞けばわかるだろうから、今度、見せてもらおう。

「それで、なぜ私のイラストしか描いてないんですか？　仕事は？」

「……実は、スランプでして」

泉は三ヵ月前に病気で倒れて、快復したら描けなくなっていたという。スランプの原因はわからないけれど、ストレスや疲れが溜まっていたことが原因ではないかと精神科医に診断されたそうだ。

そして先日、スランプの相談で出版社を訪れ涼乃を目にした。その瞬間、急に描きたいという気持ちがわいてきて、ペンをとったらすらすらと描けるようになっていた。それまで手が動かなかったのが不思議なぐらい、涼乃をモデルにすれば背景もなにもかも自在に描けた。けれど涼乃以外のキャラクターで描こうとすると、手が止まってしまうという。

そんなとき担当の中園から、涼乃が婚活パーティーに行くと聞き、自分も申し込んだそうだ。会えばまた描けると思ったという。再会は偶然ではなかったようだ。

「なるほど、私をモデルにすればなんでも描けると……だから私のスケッチだけだったんですね」

頭上の数字が、涼乃に関わることで上下するのにも納得した。涼乃と繫《つな》がりがなくなれば、泉はまた描けなくなるだろう。いつかスランプは終わるかもしれないが、しばらくは確実に仕事ができなくて収入が減る。

だが、涼乃となんらかの繋がりを持ち、涼乃をモデルにして仕事ができれば収入は増えるかもしれない。その期待値が、泉の頭上の数字に反映されているのだろう。

「あの……私をモデルにして仕事をしてみませんか？」

泉が驚いたように目を見開く。頭上の数字がぐんと上がり、涼乃の息が少し乱れる。やっぱり、自分が彼の年収に影響を与えている。言いようのない悦びに、口元がにやけそうになった。

「そ、そんなっ、申し訳ないです！」

遠慮する割に、泉の数字は細かく上下しながらも、ゆっくりと増え続けている。葛藤しているのだろう。

どうしよう。興奮する。

涼乃は、銀行の残高が増えていくのを見るのが好きだ。泉の年収だけれど、頭上の数字はそれに通じるものがある。

あの数字をもっと増やしてみたい。増えるのを想像するだけで、楽しくて、体がそわそわした。

「でも、今のままだと仕事ができませんよね？　うちでの仕事はいつからですか？　締め切りを伸ばすにも限界があるでしょうし、仕事をキャンセルにするといろいろな人に迷惑をかけますよね」

泉は真面目そうなので、こういう言い方に弱いはずだ。ぐっ、と言葉につまる彼に、にじり寄る。上目遣いで数字を確認しながら、逃げられないように彼の腕を摑めば、やはり年収が上がっていく。

身体接触も効果があるようだ。泉の想像力を刺激できれば、年収はぐんぐん上がっていくのではないだろうか。

もうあと、ひと押しだ。

「そうだ……さっきのお金。モデル料ということなら貰《もら》ってもいいですよ」

試しに提案してみると、泉の表情が輝き、やはり数字が増える。支払う側なのに収入が増えるのだから、面白い。

「但し、相場のモデル料金しか受け取りません」

「そ、そんな……」

なぜそう悲しそうな顔をするのか。お金を渡せなくて落ち込む泉に、少し引き気味になる。

「どうしても全額渡したいなら、何度もモデルに呼べばいいんですよ」

そうすれば泉と継続的に会うことができて、数字を眺められる。泉にも悪い話ではないはずだ。数字がぐんぐんと伸びているのがいい証拠。

「泉さんも、それなら納得できますよね？」

「まっ……まままま待ってください！　僕がこれからどういう仕事をするか知らないから、モデルなんて、そんなこと言えるんです！」

泉の次の仕事はうちの出版社なのだろう。この間、会議室で会っていたのは中園だ。彼が編集を務める雑誌を思い出し、そうかと頷く。

「たしか成人指定の雑誌でしたよね。ということは……エロマンガ」

「……そうです。だから絶対に駄目です。そんなマンガのモデルになんてできませんし、嫌でしょう?」

そう言いつつも、モデルの件を断りたくない空気がひしひしと泉から漏れている。頭上の数字はゆっくりと下がりだしていて、彼があきらめようとしているのが伝わってくる。

許せない。数字が下がることもだが、こちらが嫌がる前からあきらめる彼に、少しイラっとした。

「かまいませんよ。泉さんのイラストは美麗で、私がモデルだなんて言われなければ誰も気づきません。それにモデルだからと、性行為を強要されたりはしないのでしょう?」

「当然です! 性行為を強要だなんて、犯罪です!」

泉が怖い顔で即答する。その剣幕に驚く。

涼乃に少しでも下心がある男性は、見た目のせいなのか、すぐに親密な関係になりたがり、体に触れてこようとした。絵のモデルになるなんて展開になれば、脱いでくれとか触れていいかとか聞いてくるだろう。図々しい人なら、絵を描いている最中にそういう気分になるかもしれないから、性行為をしないと約束はできないと言ってくるかもしれない。

泉のように真剣に怒るのは珍しい。いやらしい目で見られるのが当たり前に思っていた自分が、なんだか恥ずかしかった。

「そうですね、犯罪でしたね……でも、そう言ってくれる泉さん相手なら安心です。やっぱり私をモデルとして雇ってください。会社のためにもなりますし」

心が揺らいでるのだろう。泉の数字がゆっくりと上昇を始める。

「それに私、泉さん相手なら間違いが起きても嫌じゃないなって思うんですよ」

「滅多なこと言わないでください！　もっと自分を大切に……」

「大切にしているから、身をゆだねる相手は自分で選びます。少し試してみますか？」

腰が引けている泉の腕を強く引く。こちらへ傾いた彼の顔を両手で挟み、引き寄せて唇を重ねた。

こんなことをするのは初めてだ。けれど、どういうわけか抵抗感がなかった。むしろもっと触れたくて、体をすり寄せた。

少しかさついた泉の唇は、思っていたより薄くて柔らかかった。不快感は欠片もわいてこなくて、もっと触れたくなる。角度を変えて重ね直し、彼の唇を湿らすように舌先で撫《な》でた。

その瞬間。びくっと震えた泉が、ものすごい勢いで涼乃の肩を掴んで体を離した。

「なっ、なななにをするんですかっ！　突然！」

口元を押さえた泉が顔を真っ赤にして、涼乃から視線をそらす。涙目になる様は、うぶな乙女だ。

「こ、こんな……初めてなのに……」

うつむいた泉から漏れた言葉に驚いた。だが、まったく女性慣れしていなかったので、それも納得だ。

ということは童貞なのだろう。涼乃も処女なので、相手を馬鹿にする気はない。遊び回っている経験済みの男より、よっぽど好感が持てる。

それにしても、ファーストキスだったのか。なぜかちょっとだけ嬉しくなったが、泉は不本意だったかもしれない。

「えっと……ごめんなさい。初めてを奪ってしまって」

「初めてとか関係なく、同意もなく他者にこういうことをしてはいけません！」

やっとこちらを向いた泉ににらまれ怒られる。ごもっともすぎて反論できない。けれどすぐに彼は頬を染めると、涼乃へ勢いよく頭を下げてきた。

「それはそれとして、ありがとうございます！　初めてが涼乃さんで、とても嬉しいです！　今日が僕の命日です！」

オタク特有の大げさな表現だ。少し涙目になっているのは、嬉しさのせいだろう。両手を握って祈り始めた。

そうか、初めてなのか。不同意ではあったけれど、泉は望んだ相手と初めてを経験できた。

羨ましい。自分は、望んでない形で初めてを奪われた。涼乃も、泉が初めてだったらよ

かった。

「ええっ！　涼乃さんっ、どうしたんですか？」

頰に触れると濡《ぬ》れていた。泉が慌ててポケットを探ってハンカチを出し、頰にあててくれる。きちんと洗濯されアイロンがかけてあって、いい匂いがした。

「本当にごめんなさい。私あのとき、初めてで。無理やりキスされてすごく嫌でつらかったのに、それと同じことを泉さんにしたんだって気づいて……」

ぐっと胸が重く苦しくなる。視界が歪《ゆが》んで涙があふれた。

「私も、泉さんが初めての相手だったらよかった」

涙を拭っていた手が止まる。見れば、泉がハンカチを握りしめて呻《うめ》いていた。

「……そんなこと言われたら、嬉しくてキスしたくなりますっ」

唇を嚙み眉間をしわくちゃにした悔しそうな泉が、なんだか可愛く見えた。そこまで想ってもらえて嬉しい。

「キスしていいですよ。泉さんなら、いくらでも」

本心からそう言うと、泉が驚愕の表情で目を見開いた。

「いくらでも……本当にいいんですか？　同意ですね？」

「え……ええ、はい。どうぞ」

ちょっと早まったかなと思うほどの圧を感じたが、泉相手なら不快感も怖さもなかった。

「では、まず唇のスケッチをさせてください」

「えっ？　はい？　スケッチ？」

「ついでに触って感触をたしかめてもいいですか？」

話が妙な方向にずれていっている気がする。だが、キスがいいならスケッチも同じだろう。

「ど……どうぞ」

涼乃が頷き返すと、泉はタブレットを取り出し、満足いくまであらゆる角度の唇をスケッチした。感触を確認するために、涼乃は何度も唇を撫でられ揉《も》まれこすられた。

おかげで擬似的に唇をたっぷり愛撫《あいぶ》された涼乃が、我慢ならなくなって泉に口付けるまで、そのスケッチは続いたのだった。

3

南国リゾート風なのか、蘇鉄《そてつ》や多肉植物が両脇に植えられたアプローチを通り、エントランスのインターフォンで教えられた部屋番号を入力する。すぐに泉が応答してくれて、背の高い大きなドアが音もなくスライドした。

セキュリティが厳重なマンションだと聞いていた通り、ドアの向こうには警備員が立っていた。ホールはリゾート地のようなインテリアなので、警備員の制服がアンバランスで少し面白い。

ホテルみたいなホールの突き当たりに、フロントがある。コンシェルジュに部屋番号を告げると、「承っております。佐田様ですね」と返ってきて、カードキーを渡された。これがないとエレベーターに乗れないそうだ。使い方を教えてもらい、エレベーターにやっと乗れた。思わず肩から力が抜けて、息を吐く。

「……すごいマンション。本当にイラストレーターのイズミなんだ」

彼の収入なら、これくらいのマンションに住んでいても不思議ではない。

ぐぐっと階数が上がっていくにつれて、かかる重力に足元がふらつく。ファストファッ

ション で揃《そろ》えたオフィスカジュアルな服装の自分は、場違いなのではと少しだけ心配になる。

　泉とはあれから何度か会って、外でスケッチのモデルをした。正式にモデルをした最初の日に、雇用契約書を持ってきたのには驚いた。

　きちんと弁護士に相談して、正式な書式で作られた契約書には、時給や雇用時間の他に、涼乃が嫌がることを絶対に強要しないともあった。もし具体的にされたくないことがあれば、事前に言ってくれれば書き加えるとも説明された。

　こういうことはきちんと決めておかないといけないと、真面目な顔で話す泉に、少々気おくれした。涼乃としては口約束のモデルの仕事で、ここまで本格的だとは思っていなかったからだ。

　けれどこういう彼だからこそ、モデルをしてもいいと思えた。何事も曖昧にせず、涼乃が性的に搾取されないように、とても気を遣ってくれている。

　契約書を見て、嬉しくなったのは初めてだった。

　それから週に一、二回。休日か、仕事終わりに会ってモデルをした。スケッチをするのは食事をする店で、すべて個室だった。

　泉が予約を入れ、店のアドレスを送ってくれる。指定された時間にそこで落ち合い、時間が許す限り泉がスケッチをする。帰りも、時間をずらして別々だった。

　成人指定のイラストも描くので、モデルになっていると他の人に知られたら、涼乃が妙な誤解をうけるかもしれない。そう泉は心配していて、二人で会っていることがバレないよう配慮してくれていた。

店は高級店が多く、店員の口が硬いタイプのレストランや料亭だった。

そういった場所なので、スケッチの内容も限られる。ほとんどが座った状態で、涼乃がモデルをするのは食事をしているシーンだ。

涼乃としては、店ではなく彼の家や邪魔の入らない場所でモデルをしてもかまわなかった。そのほうが、できるポーズや服装も増える。

けれど泉は頑なに、涼乃が逃げにくい鍵のかかる密室などでモデルはさせなかった。契約時にも、それがお互いのためでもあると説明された。涼乃だけでなく、泉があらぬ疑いをかけられないためでもある。

そんな状態で一ヶ月もたった頃。涼乃から、もっと落ち着ける場所でモデルがしたいと提案した。泉の頭上の数字が変化しなくなったからだ。

そもそも彼がこれからする仕事は成人向け。こんな生温いスケッチばかりでは、物足りないだろう。実際、見せてもらった涼乃のスケッチは美しいばかりで、微妙に色気に欠けている。

清浄なのだ。それに着衣ばかりなせいもあるのか、女性特有の柔らかさや丸みが足りない気がした。

妹にイラストレーター・イズミの過去作品をいろいろ見せてもらった。裸の女性イラストもあった。勿論、とても美しかったけれど硬質なのだ。妹も、これはこれで完成されていていいけれど、もっと女性の肉体の質感がでると魅力的だろうと評していた。

わかる。涼乃も彼のイラストで、肉感的な女性の裸が見てみたい。そう思わせる魅力が彼の絵にはあった。

仕事が成人指定なことや絵の質感についてなど、オブラートに包んで話せば、泉も自覚があるのか言葉に詰まって目をそらした。そこからは多少ゴリ押しだったかもしれないが、彼のマンションでモデルをする約束を取り付けたのだった。

エレベーターが彼の部屋の階数で停止する。渡されたカードキーでは、指定の階数にしか止まらない。セキュリティ上、それ以外の階数ボタンは押せない仕様だ。

扉が開くと、目の前に泉が立っていた。

「あ……迎えに来ました。なにかあったらいけないから」

なにかとはなんだろう。どこかの部屋に連れ込まれる心配でもしていたのだろうか。

「ありがとうございます。あまりに立派なマンションで、ちょっと気おくれしてたから安心しました」

実際、泉を見て妙な緊張がとけた。涼乃と同じファストファッションの部屋着でたたずむ彼に、ふふっと笑ってエレベーターを下りる。

内廊下は柔らかい絨毯《じゅうたん》が敷かれていて、足音も響かない。ホテルのようだが、部屋数は少ないようで、ドアとドアとの間隔がとても空いていた。

泉の部屋は一番奥の角部屋だった。南国リゾート風のエントランスやホールとは違って、部屋は普通の分譲マンションといった感じで、案内されたリビングは広くてすっきりと片付けられていた。正面のバルコニーは広く、L字型に曲がっている。間取りは３ＬＤＫ。仕事道具が多く、ファミリータイプの部屋を借りているそうだ。

リビングでスケッチするらしく、ソファとその向かいに泉が座る椅子とテーブル、道具が用意されていた。

「よかったら、これに着替えてくれませんか？　嫌なら着なくていいです」

おずおずと渡されたショッピングバッグを、着替え用に案内されたバスルームで開く。白いキャミソールワンピースとカーディガン、他に薄手のインナーが入っていた。

ワンピースはくるぶし丈で、背中が大きく開いたデザインだ。インナーを重ね着するか、カーディガンを羽織って着るのだろう。だがそれだと、胸元から腕にかけてのラインが分かりにくい。せっかく大胆なデザインのワンピースなのに、もったいなかった。

泉がこのワンピースを選んだのは、実際に胸元の肉の盛り上がりや二の腕の肉付きをよく見たかったからに違いない。けれどあとから露出が多すぎると冷静になり、インナーやカーディガンを用意したのではないか。

涼乃に配慮しているのはわかるが、これではいつものスケッチと変わらない。昔から早熟な体のせいで、異性から注目を集めることが多かった涼乃のファッションは、露出も体のラインが出るものも避けている。

せっかく人目を気にしなくていい場所なのだから、もっと露出を要求してくれてもかまわない。こういう気遣いができる泉に、嫌なことを強要されるとは思えないからだ。

それにこのインナーはサイズが合わない。恐らく、胸が入りきらないか、入ってもぱんぱんになる。それを狙ってというわけでもなさそうなので、着ないでいいだろう。そうなると、着用しているブラジャーの肩紐《ひも》や背中が丸見えになる。カーディガンを羽織れば見えないが、それだと背中が見えない。成人向けのイラストやマンガなら、背中の描写も必要なはずだ。

「ワンピース以外、なにも着なくていいんじゃない……？」

かなり破廉恥なかっこうになるだろうが、泉相手なら問題ないと思えた。

涼乃は脱いだ服とブラジャーを紙袋にしまい、ワンピースを着た。下にはショーツをはいているだけだ。布は白く薄手なので、光があたれば透けるだろうがあまり気にならなかった。

なによりブラジャーを外した解放感に息を吐く。家でも父親がいるので、夜寝るとき以外はずっとブラジャーを着用している。昼間のこの時間に、こんなに体が楽なのは子供の頃以来で気分がいい。

紙袋と着ていた服はバスルームに置いて、リビングへ戻った。こちらを振り返った泉が、ぎょっとして目をむく。

「え……涼乃さんっ！　なっ、なんでっ！」

「あのインナー、サイズが合わなかったので。それとも、胸がぱんぱんになっているのを見たかったですか？」

「えっ、すみません。サイズが合わないなんて……そういう意図もありませんっ！　そうじゃなくて、カーディガンもあったでしょう。それを着てきてくださいっ！」

「それだと背中が見えませんよね。せっかく実物が見られるのに、隠してどうするんですか？　私は嫌じゃないので、大丈夫ですよ」

　本人の同意があれば問題ないのだろうと微笑めば、泉がぐっと言葉に詰まる。

「それに、美大卒なら裸婦のスケッチとかしてますよね？　これくらいの露出なら大したことないと思いますけど」

　何度も会ううちに、泉が美大卒なのを知った。妹は美術系の専門学校卒業で、そこで裸婦のスケッチをしていた。美大で裸婦の授業がないわけがない。

「それは、そうなんですけど。涼乃さんは違います。物体として見られる裸婦モデルと、涼乃さんとでは気持ちの問題というか……」

「成人向けのマンガを描こうという割に覚悟が足りないんじゃないですか？　私のことも物体だと思ってください」

「涼乃さんは、割り切りすぎですっ！　どうして、そんな平気なんですかっ！」

　それは、今も目をつぶって顔をそらして話している泉が相手だからだ。下心丸出しの男性相手なら、こうはならない。

それに泉の頭上の数字は正直だ。どんどん上がっていく。やはりこの選択で正解だった。

「今さらでしょう。もう何回もキスした仲なんですから、腹をくくってください」

痛いところを突かれたのか、泉の眉間に皺《しわ》が寄る。

公園で初めてキスをしてから、会うたびに唇を重ねていた。スケッチの最中、ふとした瞬間に泉がこちらを物欲しそうな顔で見るので、誘ってみたら迷いながらも陥落した。

正直、恋愛感情で泉のことを好きなのかどうか、よくわからない。今まで恋愛とは無縁だったので、今のこの感情がなにか判断がつかなかった。ただ、キスしてもいいぐらいの好意はある。

それに泉と口付けるたびに、過去の嫌な思い出が薄れていった。汚らしいとしか思えなかった異性との接触が、泉となら気持ちがよくて幸せな接触に塗り替えられていく。ある意味、彼を利用しているようで申し訳ない。

だが泉は、毎回なにやら葛藤したあと、己の欲求に負けたことを恥じて悶《もだ》えていた。

「とにかく始めましょう。そこのソファに座ればいいんですよね」

まだ目を閉じたまま抵抗を続ける泉を放置して、皮張りの大きなソファに腰掛ける。たくさん置かれたクッションに埋もれるようにして待っていると、観念した泉がやっと目を開いて自分の椅子に座った。

「うぅ……なんでこんな……」

往生際悪く、文句をこぼしながら眉間の皺《しわ》を揉《も》むと、一度目を閉じ、深呼吸して瞼《まぶた》を開いた。やっと腹をくくったらしい。

彼の周りの空気がすっと変わる。さっきまで染まっていた頰の赤味も消え、視線に迷いがなくなった。熱のない、本質を見極めるような目が涼乃をとらえる。

仕事をするプロの顔つきだった。

スケッチをするとき、泉はいつもこうなる。その視線や顔つきが、涼乃は好きだ。

普段の頼りない雰囲気の彼も、安心感があって好きだけれど、真剣に仕事に取り組むときの顔つきにはどきりとさせられる。いつもは彼のほうが先に視線をそらすのに、このときばかりは涼乃が先に目を伏せる。

泉の視線に、全身をくまなく愛撫されているように感じてしまう。初めてキスした日もそうだった。

唇のスケッチを了承すると、絵を描くためによく観察したいと言われた。顎をとられ今みたいな目でじっと唇だけを見つめられた。

口付けていないのに、そんなふうに凝視され続けると恥ずかしさがわいてきて、視線をそらした。それと同時に、泉の指が唇に触れて悲鳴を上げそうになった。彼は真剣な眼差しで涼乃の唇を何度も撫で、形や質感をたしかめているようだった。きっと無意識の行動なのだろう。涼乃の動揺にはまったく気づいていない様子で、少しだけやきもきした。

こんなに恥ずかしくて、気持ちをかき乱されているのに、泉は平然としていて仕事のことしか頭にないのが悔しい。

唇を撫でる指先の強弱に、体がぞわぞわする。敏感な場所だけに、そんなにたくさん触られたら感じてしまう。もぞりと脚をすり合わせるのと同時に、強く唇をこすられ、とうとう声が漏れた。

甘ったるい鼻にかかった声で、発した涼乃も驚いた。それ以上に泉は目を見開いて驚愕する。自分がなにをしていたかやっと気づいて、仕事の顔から普段の顔に戻って真っ赤になっていた。

彼のその落差が愛しくて、涼乃から衝動的に唇を奪った。散々、擬似的な愛撫でじらされて我慢できなくなったのもある。

ずっと仕事モードの顔なら、泉はさぞ女性からモテただろう。

きっと美大ではこういう顔をしていただろうから、密かに想いを寄せられていたはずだ。

想像して、なぜかもやもやした。

「涼乃さん、次のポーズお願いします」

むっとして口を尖《とが》らせたところで、泉から指示が飛んできた。一枚目のスケッチは終わったらしい。言われるままに腕や脚の位置を動かして、静止する。これがけっこう疲れる。

それから何枚目のスケッチだったか、ソファへ仰向けに寝るように指示された。たくさんポーズをとったせいか、その楽な姿勢にうとうとする。空調の効いた静かな空間で、鉛筆のカリカリという軽快な音が心地いい。気づいたら眠っていた。

しばらくして、空気が動く気配を感じて、ゆらゆらと意識が浮上する。熱が肌を舐《な》めるような感覚に、薄く瞼を開くと、泉がすぐそばで涼乃の体を観察していた。真剣な目で、口の中でなにかを呟きながら、右手は線を描くように動いている。

体の線を無意識に描こうとしているのだろう。涼乃が目を覚ましたことにも気づいていない。

ワンピースを押し上げる乳房に、泉の視線が注がれる。じっと凝視し、なにかを考えている。少し顔を傾げ、布の隙間からこぼれる肉の盛り上がりを見ているようだった。その先の、服に隠れた部分を見通すように目が細められた。

実物を見たいのだろう。脱がしてしまえばいいのに。

勝手にそういうことをしない彼の誠実さがこそばゆい。それと同時に、なんとも言えないじれったさに不満が募る。

「……見てもいいんですよ」

びくっと、泉が肩を跳ねさせ目を見開く。起きていると思っていなかったのだろう。口をはくはくさせ、あせりで目が泳ぐ。

「見ますか?」

「ちょっ、駄目です。それはっ」

否定するが弱い。見たい欲求から、視線がちらちらと涼乃の胸元を行ったり来たりする。

面倒だ。頭上の数字も上下するので、しびれを切らした涼乃は体を起こし、ワンピースの肩紐に指をかけた。

「私が嫌がらないことなら、契約違反になりませんよね？」

性的とは限定せずに、契約書には「嫌がることはしない」と明記されている。「性的なことはしない」だと、契約の穴をついてぎりぎりを攻めることができる。搾取されないための気遣いだったが、涼乃は逆にそれを利用した。

「そっ、そうですけど……うわっ、待ってっ！」

無視して肩紐を落とす。下着をつけていない乳房がこぼれた。泉は顔をそらして目を閉じる。本当に、往生際が悪い。

「ちゃんと見てください。実物を見て描いたほうがリアル感がでますよね。ついでに触れば、質感もわかりますよ」

「だ、だけど……っ」

泉は薄目を開け、こちらへ首を戻そうか悩んでいる。その頬は薄っすらと染まっていて、頭上の数字はゆっくりと上昇を始めた。それを見ているだけで、涼乃も興奮する。

涼乃を静止しようと押し出していた彼の手を掴み、胸元に引き寄せる。

「これは、仕事ですよ……」

そう耳元で囁《ささや》き、豊かな肉の谷間に手を沈めてやった。

「ひぅ……わぁっ、柔らかっ……！」

口元を押さえた泉から、喘《あえ》ぎのような吐息と感想が漏れる。涼乃も思わず甘い声をこぼしそうになっていた。

思えば、素肌を異性に見られるのも触られるのも初めてだった。想像よりも肌がざわついて、体の奥がきゅうっと疼《うず》いた。

吐く息が震える。この感覚はなんだろう。強引に触れられて、声も出ないほど恐怖したあのときとは違う。じわりとにじんでくるのは甘い悦びで、この先を期待していた。

「もっと、触って……形をたしかめて、いいんですよ……」

上ずりそうになる声で誘えば、ごくりと泉の喉が鳴った。こちらを向いた目が真剣になる。覚悟を決めたのだろう。邪念を振り払うように、息を吐き出すと、もう仕事の表情に戻っていた。

大きくて少しかさついた両手が、涼乃の両方の乳房を包み込む。さわっ、と指先が動いて輪郭をなぞり、下乳の肉に沈む。重みを測るように、掌が肉を持ち上げた。

「けっこう重いんですね」

冷めた声だ。商品の肉を持って検分でもしているかのようだった。触られている涼乃は、声が出そうになるのを唇を噛んで堪える。

自分から言い出して、仕事だと泉に割り切らせたのに、妙な雰囲気にはできない。けれど乳房の形をたしかめるように何度も撫でられ、揉まれ、持ち上げられ息が上がる。最初はくすぐったいだけだったのに、触れられている場所がじんじんと淫らな熱を持つ。

泉の頭上年収も増えていくので、興奮が収まらない。

脚の間がじんっと疼いて、熱っぽい息を吐くと、泉の親指が胸の頂をざらりと撫でた。

「んぅ……っ、ひゃぁ、ンッ！」

電流でも走ったような甘い刺激に、声を我慢できなかった。思わず腰が逃げるが、力が入らなくてソファに崩れた。追いかけてきた泉が、覆いかぶさって涼乃をのぞき込む。

「大丈夫ですか？　無理ならもうやめましょう」

そう提案する泉は平然としていて、涼乃だけ息を乱している。

「はぁ……はっ、へいき。もっとして……」

悔しくて誘うような言葉をかけるが、泉が取り乱す様子はない。

「では、乳首の立った状態を描きたいので、もう少し触れて立たせますね。声は出しても大丈夫ですよ」

「え……立たせる……？　きゃ……ひゃぁっ、あぁッ！　やぁンッ！」

ぐりっと、さっきよりも強く乳首をこすられ、腰が跳ねる。無意識に逃げを打つけれど、上から跨《またが》られていて動けない。何度も、ぐりぐりと乳首を嬲《なぶ》られる。

「あっ、あぁ……ンッ！」

「これくらいかな……少しスケッチするので、そのままでいてください」

息が上がり涙で視界が歪む。泉はそんな涼乃を残して立ち上がると、椅子とスケッチの道具を持って戻ってくる。すぐに鉛筆を動かし、何枚か描き上げた。

「今度は腕をこうして、胸を寄せて上げるように」

投げ出していた両腕をとられ、乳房の下に移動させられる。泉は、仰向けで流れていた肉を集めるように持ち上げ、組んだ腕の上に乗せる。

胸を強調するような、いやらしいポーズだ。

カッと頬に熱が集まる。自分から仕事だと言いはしたが、恥ずかしい。

けれどなにか言う前に、泉の手がすうっと乳房の尖端《せんたん》に伸びてきた。きゅうっと指先でつままれる。

「ひんっ……！　あっ、あぁ……ン！」

「少し柔らかくなってきたので、立たせますね。失礼します」

淡々とした調子の物言いは、まるで診察をする医者のよう。手つきも、愛撫というより目的のために動く。

放置されて少し萎んでいた乳首を、泉の指がやや雑にこする。早く立たせてスケッチをしたいというような触れ方で、そこに愛欲なんてない。乾いた接触なのに、腹の奥がきゅんっと疼く。

「ん……ぁ、あぁぁッ！　や、らめぇ……ッ！」

「こちらはいい状態になったので、反対側も失礼しますね」

「はっ、ひぁッ！　あっ、あぁンッ！　そんな、しちゃ……やぁッ！」

片側がじんじんするほど嬲られ解放され、すぐにもう片方も同じようにこすり上げられ膝に力が入る。脚の間がじゅくじゅくと濡れて痙攣《けいれん》する。

もっと。もっと、してほしい。

けれど熱が弾ける手前ですっと愛撫が引いて、カリカリと鉛筆の音が響き始めた。悶える涼乃などおかまいなしに、泉はスケッチを始めている。

はあはあと息をつきながら、涙目で泉をにらむ。彼の数字の上昇も止まっている。体を張って、こんなに恥ずかしい思いをしたのにつまらない。涼乃の乳首を弄ったぐらいでは、年収が上がらないのか。

何枚か描き上げた彼が、やっと乳房からこちらへ視線を向けた。じとっとにらみ返す。

「その顔も悪くありませんが、さっきのとろんとした顔をもう一度見たいです。できますか？」

なにを言いだすのだろう。そんなこと、意識してできるわけがない。

「無理そうですね。では、もう一度。失礼します」

呆然としていると、こすられすぎて赤くなった尖端に泉の指が触れる。

「やっ……痛っ！」

きゅっと握りつぶされると、ツンッとした痛みが走った。思わず泉の手を振り払い、胸を手で隠してガードする。

「すみません。痛かったですか？」

「弄りすぎです……ヒリヒリします」

涙目でにらみつける。少し怯《ひる》んだ様子の泉に溜飲が下がる。それでもまだ仕事に集中している顔の彼は、どうしたものかと顎に手をやって首を傾げる。

涼乃はこんなに翻弄されているのに、泉が平然としているのが悔しい。

「指だと刺激が強すぎます。乾燥してるし……舐めてください」

ちょっと意地悪してやろうと提案する。これでさすがに動揺して、普段の泉に戻るのではないか。数字が上がらないなら、こんなじらされるだけの愛撫が続くのは嫌だ。

「舐める……わかりました。涼乃さんがかまわないなら、そうしましょう。いいですか？」

「え……するの？」

「嫌ならやめます。そういう契約ですから」

「……大丈夫です。舐めてください」

平然と返されて、なぜか意地になってそう答えた。言ってから顔が熱くなる。

「では、手をどけてください」

再び覆いかぶさってきた泉が、胸を隠していた涼乃の手をとって、ソファに押さえつけた。

「きゃっ！　ひゃぁ……ンッ！　あぁッ！」

ぬるりとした舌と、生温かい口内に乳首が包まれる。ひりつきが、甘い刺激になって目の前がチカチカした。

大きな手が乳房を持ち上げ、ぬちゅんっと舌が乳首を舐めしゃぶる。こすられていたのとは違う、もっと強い快感に腰が浮く。

「はっ、あぁ……ひゃあぁッ……だめっ……ッ！」

「嫌ですか？」

泉が口に含んだまましゃべる。その吐息に、唾液で濡れた乳首に快感が走る。

「ちがっ……そうじゃ、なく……」

いやいやと首を振る。なにが駄目で嫌なのか、涼乃にもよくわからない。思っていたより甘い疼きに戸惑う。

胸に顔を埋めたままの泉を濡れた目で見れば、熱のこもった視線が返される。仕事のときの表情なのに、欲にまみれている。それを見て、安堵《あんど》した。涼乃だけが痴態をさらしているのではない。

情欲に駆られてるのに、返事を待ってじっとしている泉に頷く。

「はぁ、は……して、いいです」

「大丈夫なら、続けますね」

「あっ……ひゃんッ！　ンッ、ン……あっ、あぁっ……！」

貪るように、乳首に甘く噛みつかれる。痛くはないけれど、頭の中をぐちゃぐちゃにされるような甘い刺激だ。

唇がぬちゅぬちゅと音を立ててしゃぶりつき、口内で飴玉《あめだま》のように転がす。たまに甘噛みされると、刺激の強さに身悶えた。

指で弄んでいた雑さがなくなって、代わりに執拗《しつよう》に愛撫される。

そうして片方をしゃぶり尽くして、もう片方に移る。唾液まみれになった片方を指でもこすられた。

「濡れてるから、さっきよりは痛くないでしょう?」

ぐりっと濡れた乳首を指先でつまみ、泉は話しながらもう片方を舌でぬるりとねぶる。

「あっあぁっ……へいき、だけど……らめっ、しゃべらないでッ、ひゃあぁッ」

泉が大きく口を開け、乳房ごと噛みつくように赤く立ち上がった尖端を口中に取り込む。

乳輪に歯を立てたあと、刺激でヒリヒリするそこに舌先を這わせる。

「ひんっ！　あっ、だめっ……やぁッ！　そんな、しちゃ……ッ！」

引っかかれるような疼痛《とうつう》のあと、じゅっと尖端を吸われた。同時にもう片方の乳首をきゅっと強くつままれ、下腹がびくんっと大きく痙攣する。

「あぁっ……ひっ、あぁ……――ッ！」

溜まっていた熱が弾け、視界がチカチカする。呼吸がうまくできなくて、はっはっと短く息を吐く。

とろりと脚の間から蜜があふれた。いつの間にか下着はぐちゅぐちゅに濡れていて、お尻のほうまで蜜が滴っている。

放心していると体が軽くなった。なぜだろうとぼんやり考えているうちに、隣から鉛筆の音がする。椅子に戻った泉が、淡々とスケッチをしていた。とろんとした涼乃の顔を見たいと言っていた。それを描いているのだろう。

乳首だけでいってしまった。初めてなのに。

だんだんと意識がはっきりしてくると、顔が耳まで熱くなった。泉は平然とスケッチをしている。一人だけ乱れた涼乃は、どこかに走っていって隠れたい気分だ。けれど足腰はぐったりと力が抜けていて、脚の間は愛液でどろどろ。立ち上がったら大変なことになる。

身動きもできないでいると、描き終えた泉が戻ってきた。

「ありがとうございます。おかげで、いい絵が描けました」

起き上がるのを手伝うように、手が差し出される。それを摑む気になれない。

唇を嚙んで泉をにらみ上げる。頭上の数字は増えているので、涼乃が恥ずかしい思いをした甲斐《かい》はあった。けれど解せない。

濡れそぼった蜜口は、まだじんじんと疼いて熱い。乳首だけでいかされたせいで、物足りなかった。あそこにも触れてほしい。自分で弄りたくなるほど体が淫らに火照っている。

「涼乃さん……？　大丈夫で……」

「下も見なくていいんですか？」

泉の言葉をさえぎり、乱れたスカートの裾をすっと持ち上げる。太腿《ふともも》の付け根ギリギリまでスカートをまくったのを見た泉が、喉をごくりと鳴らした。

彼も興味はあるのだ。それを知って、むくむくと悪戯心がわく。ここまで涼乃を煽《あお》ったのだから、もっと責任をとってもらいたい。

「濡れてぐちゃぐちゃなんです。どうなってるか、知りたくないですか？」

正気なら言えないような恥ずかしい言葉も、散々煽られたせいですんなりと出てきた。最早、泉に見られたり触られたりすることに抵抗はなかった。

「私はいいですよ。見せても」

スカートをまくり上げ、足を開く。濡れた下着が恥部に貼りついているのを、泉の視線が舐める。

「ここだって、見ないと描写できないでしょう？」

実際は白抜きかぼかしが入るだろうが、知ってるのと知らないのとでは違いが出る。周囲の線やトーンの使い方で、描かれていないものを想像で見せるのも手法の一つだ。妹が消えた線の先を読者に想像させると言っていた。そのためには、写真でもいいので、そのものを知らないと描けない。できれば実物がいいと。

泉には言わなくても意味が伝わったのだろう。少し動揺していたのに、目を眇《すが》め仕事の顔に戻る。

「……本当にいいんですか？」

「いいですよ。ほら、見たいんでしょう？」

挑発するように、ショーツの端に指を入れて下げてみせる。泉が唾を飲み、涼乃の手を止める。

「待ってください。その状態のショーツも描きたい」

「へ……っ？」

まさかそうくると思っていなくて、変な声が出た。泉はすぐに涼乃の太腿《ふともも》に手をかけぐっと開く。

「それから、もっと濡れてる状態が見たいです。透けるぐらい」

これでもけっこう濡れてると思ったのだが、泉には不満があるらしい。すぐに「失礼」という言葉とともに手が伸びてきて、薄い布地の上から撫でられた。

「ひゃんっ！　あっ、ちょっ……いやぁ、ンッ！」

指と布地で敏感な場所がこすれる。さっき達したばかりなので、過剰に反応して脚がびくびくと震えた。蜜口もひくついて、小さく痙攣している。

「もっと濡らしたいので、舐めてもいいですか？」

奥からは蜜がとろりとあふれてきているのに、それでも足りないらしい。はあはあと息をつき、頷く。すぐに泉がそこに顔を埋めてきた。

鼻息があたり、舌が布地の上からねっとりと上下する。

「ひぁッ……あっ、あぁぁ……アァッ！」

指とは違う感触に背筋がぞくぞくした。逃げを打つ腰を抱えられ、じゅっとショーツを吸われる。

「やっ……らめっ！　すっちゃ……やっ、あぁッ……アアッ、あっ」

びくびくっ、と快感が駆け抜ける。呆気《あっけ》なく二回目の絶頂を迎え、とろとろと蜜が滴る。

そこに、泉が唾液をまぶすように舌を這わせ、ぐちゅぐちゅと濡れた音をさせる。

「んっ、んぐ……ッ、もっ、だめぇ……いってる、のに……ひぃンッ！」

「すみません。もっと、ぐちゃぐちゃにしたいので……もう少し、耐えてください」

舌で秘部だけなく、脚の付け根まで舐め回しながら話す。その吐息にも愛撫され、達したばかりの蜜口がぱくぱくと開いたり閉まったりする。まだ達し続けているみたいで、息が乱れる。

泉はそこへさらに唾液を滴らせてから、顔を上げた。これくらいでいいでしょうと言い、涼乃の脚の間でスケッチを始める。また達した余韻から抜けられない涼乃は、鉛筆の規則的な音にも愛撫されているような気がして、まったく体の熱が去ってくれない。

「では、次は下着を脱いで見せてください。自分でできますか？」

そう聞かれたが、体に力が入らない。首を横に振ると、泉が脱がしてくれた。

貼り付いていたショーツが蜜の糸を引きながら、脚から引き抜かれる。外気に触れて、濡れた場所がひやりとした。けれどすぐに、生温かいぬるりとしたものが触れた。

「ひゃあぁッ……なにっ？」

「舐めて、もっと柔らかくしてから開いて中を見たいんです。それから、指を入れてもいいでしょうか？　なにか入った状態も確認したいし、中の感触もたしかめたい」

「ふぁっ、しゃべらない、でっ……いいから。指までなら、入れてもいいので……きゃあっ、アアァッ……！」

許すと泉の舌遣いが激しくなった。ぬちゅぬちゅと濡れた音を響かせ、襞《ひだ》を指で押し開きながら舌を這わす。

「ああ、これが大陰唇、小陰唇……」

泉は性器の部位の名称を呟きながら、指と舌を這わせてそれを確認していく。

「んぁっ、やぁ……あっ、そこっ……ひゃぁッ……ひんっ！」

陰核と聞こえたあとに、そこを口に含まれ体が跳ねる。刺激が強すぎた。

「やっ、やっ……アァッ……らめぇっ！」

「すごっ……大きくなりましたよ。もっと弄りますね」

悶える腰を押さえつけられ、陰核を舐め回される。舌で唇でこすられ、じゅうっとすすられて熱が弾けた。三回目だ。

「ひ……はぁ、はっ……あっ……」

気持ちよすぎて、頭がくらくらする。痙攣を止められない蜜口の浅いところに、今度は舌と指が侵入してきた。

「んっ、はっあぁンッ……まって、指だけだからねっ」

指までなら大丈夫そうだが、処女を喪失したら年収を見られなくなる。それは嫌なので、釘《くぎ》を刺す。

「最後まではしちゃ、やぁ……あぁぁンッ！」

「わかってます。指だけで充分ですよ。ありがとうございます」

また愛撫をしながら泉がしゃべる。感じすぎるから、それをやめてほしいのに伝わらない。

「もう少し、柔らかくなったら入れますね」

「うっ、ひゃぁ……あっ、ああぁッ……もっ、だから……んぁッ！」

「びくってしてますね。気持ちいいですか？　大丈夫そうなら、指を入れます」

舌と指が、蜜口を浅く出入りする。痛みはない。それよりも、もっと奥のほうが疼いてきて、我慢できなくて何度も頷いた。

「いい……してっ、ああぁ……ひっ……！」

ぬちゅっ、と指が入ってきた。ゆっくりと、中の形や感触をたしかめるように、ぐるりと回転する。

「ざらざらしてて、よくうねる……こんなふうに、なってるんですね」

泉が指で蜜口を開き、目を細めて中を観察する。その視線にもぞくぞくした。

「もっと奥まで、いいですか？」

こくこくと頷く。聞かないで進めてもいいのに、いちいち確認をとられてもどかしい。けれど誠実な対応に、安心して身を任せられる。

「痛かったり、気持ちが悪かったら言ってください。殴ったり蹴ったりしてもいいです」

「んっ……はっ、あぁ……ンッ！　あぁっ……ッ！」

じりじりと浅いところを出入りしていた指が、ぐっちゅんっ、と根元まで入ってきた。きゅっと蜜口が締まる。締め上げた指の形を感じて、中が痙攣した。それに逆らうように、指が引かれた。

「はんっ、あぁッ……アッアァ……やぁ……ッ！」

抜けていく感覚に腰がぞくぞくする。指先が蜜口にかかると、逃がすまいとすぼまり、空になった中が痙攣する。

「やん……ッ、なか、いれて……ッ」

「二本に増やしますね。きつかったら教えてください」

「ひゃぁ、ンッ……！　アアァ……ッ！」

二本の指が、すぼまっていた蜜口をこじ開ける。先が入ってしまうと、あとは蜜のぬめりを借りて一気に奥まで到達した。指先で、トントンと奥を叩かれる。その刺激に中が、ぬちゅんっとうねり指に絡みつく。

「動かしますね」

「ひっ……！　あっ、あぁぁ……ひぃンッ……！　なか、らめ……ッ」

指が回転するように内壁をなでながら、出入りする。ぐちゅぐちゅ、と濡れた音が響く。指の関節が蜜口に引っかかる感触や、指の腹で中を探られる感覚がたまらなく気持ちいい。もう声は我慢できなくて、唇の端から唾液がこぼれる。恥ずかしくて、こんな顔は見られたくなくて隠そうとすると、空いている手で腕を押さえつけられた。

「見せてください。その顔も……描きとめたい」

情欲の混じった泉の声と視線に、肌が粟立《あわだ》つ。覆いかぶさってきた彼の息も、はあはあと乱れている。

「涼乃さん、綺麗です。どんな顔も可愛くて、美しい」

「ンッ、アッ、アァァ……ッ！　ふぁっ……んんっ」

唇が重なり、中を蹂躙《じゅうりん》する指と同じように口腔《こうこう》を貪られる。それに合わせて、指で中を深くえぐられる。

もっと、もっと奥を突かれたい。でも、それは駄目だと、理性と欲望の狭間で思考がぐちゃぐちゃになる。

中をかき回す指の動きが激しくなり、唇が離れた。ぐぐっと指に深く突き上げられ、蜜口も内壁も大きく震える。

「ひゃあぁ……ンッ……！」

呆気なく熱が弾け飛び、体がびくびくと跳ねる。蜜口や襞は、蜜にまみれて痙攣している。そこに硬いものを押しつけられた。

「すみません、涼乃さん。入れないので、こすりつけてもいいですか？」

視線だけ下げると、泉がズボンから取り出したモノが見えた。尖端からは透明な液が滴っている。

達したばかりで快感にまだ支配されていた体は正直で、きゅうっと蜜口が反応してしまった。それを奥に入れてほしい。もう年収のことなど頭から飛んでいて、頷いていた。

「いいよ……好きにして、アアァ……ッ」

そう返すと、すぐに泉が動き出す。達してすぐの敏感な秘部の上を、彼のモノがすべった。濡れた襞を尖端で開いて、その間をぬちゅぬちゅと行き来する。

「あっ、あっ……！　ひゃあぁ、いいっ……ひぃっ……！」

濡れた尖端が、陰核を押し上げたり突いたりする。こすれ合うだけでも気持ちいいのに、頭がおかしくなりそうで、泉にしがみついた。

腰が揺れ、自ら気持ちのいい場所を泉にこすり付ける。ぐちゅぐちゅと濡れた音が、二人の間で響く。

もう、処女とかどうでもよくなっていた。このまま最後までされてもいいと思えたけれど、泉は不誠実なことはしなかった。

泉の動きが速くなり、耳元で呻く声がした。襞に挟まった怒張が、びくっと震えるのと同時に、びゅくっと白濁が散った。涼乃の腹と胸の上を汚す。それに遅れて、涼乃もまた達した。

もう限界で、はあはあと息を整えているうちに意識がふっと沈んでしまった。そのあとのことは、憶えていない。目が覚めると、体は綺麗になっていて毛布で包まれていた。

そして婚姻届を差し出す泉に、土下座された。彼の頭上では数字が過去最高を弾き出していたので、涼乃の処女は健在だとわかった。

4

昨日のだるさが残っているのか、頭がぼんやりする。けれど体は逆にすっきりしていた。会社の廊下を蹴るヒールの踵《かかと》が、いつもより軽やかな気がする。

「おはようございます」

同期の女子社員とすれ違う。名前と顔は知っているけれど、ほとんど話したことがない。つい、最近の癖で、頭上の数字を確認してしまう。年収額が、前よりも少しだけ多くなっている。この人も副業を始めたのだろうか。次にすれ違った人は、いつもと変わらない数字だった。

こうして毎日、他人の年収額を確認していると、案外、副業をしている人が多いと気づく。

挨拶しながら総務課のドアを開く。まだ誰も出社していなかった。

自分の席に着くと、白い封筒が一通置かれていた。デスクはいつも綺麗にして帰るので、これは休みの間か、今朝置かれたのだろう。

宛名はなく、裏返しても差出人名さえなかった。中をのぞくと、便箋が一枚入っている。

『イズミと別れろ』

便箋にゴシック体のフォントでそう書かれていた。脅迫文のようだ。

涼乃は首を傾げる。現実離れしていて、あまりショックはなかった。面倒だなと思っただけだ。

「うーん……内部犯かな？」

切手も消印もないのだから、会社に入れる人間の仕業だ。編集部と違って、総務部に社外の人間が出入りすることはほぼない。

彼のペンネームの「イズミ」と書いていることから、イズミの顔と名前が一致している人間が犯人だ。そのイズミと涼乃が会っているのを見ているのだろう。もしかしたら彼のマンションに行ったのも知っているのかもしれない。そうなると編集部の人間ぐらいしか思いつかなかった。

内容から、イズミに恋をした女子社員の牽制《けんせい》のようだ。彼が仕事をしている男性向けコミックを扱う編集部は、男性ばかりだが女性もいる。また、隣の女性向けコミックを扱う編集部は女性が多い。部屋は隔てられてなく繋がっているので、編集部に訪問する作家の顔を見ることは可能だった。

きちんと身なりを整えていれば、泉は背も高いし骨格もしっかりしているので見栄えがする。顔は地味で気弱な表情が多いけれど、整っている。しかも松書房の稼ぎ頭だ。

彼に恋する女性がいても不思議ではない。

「面倒だな……捨てよう」

編集部に乗り込んで犯人捜しをする気はない。そもそも別れろと言われても、付き合ってすらいないのだ。

昨日、目を覚ました涼乃に向かって、責任をとるので結婚しようと泉が言い出した。その手には記入済みの婚姻届があった。涼乃が寝てる間にもらってきたのかと聞けば、資料で持っていたという。

なるほど。妹も結婚情報誌のデコられた婚姻届を持っていて、推しカップルの名前を記入して額に入れて飾っている。作家は資料やグッズとして婚姻届を持っているものらしい。

泉は、モデル契約で嫌なことはしないと決め、涼乃から許可をもらっての行為だったが、行き過ぎだった。涼乃は普通の状態ではなく、判断能力が著しく低下していた。その上での行為は契約違反だ。落ち着いて考えたら、あとから嫌だったと思うかもしれない。そして、またこのような雰囲気になったら、自制する自信がない。一度、涼乃のあられもない姿を見てしまい、また見たいという欲求が強く、次はどうなってしまうかわからないので、そうなる前に結婚して責任をとりたいと語った。

言いたいことはわからなくもないが、結婚は飛躍しすぎだ。そもそも契約違反で、涼乃の意思を無視してたというなら、これは性犯罪だろう。結婚の前に警察ではと、つい突っ込む。蒼白《そうはく》になった泉が部屋を出て行きそうになったので、慌てて止めた。

判断能力が戻ったあとも、涼乃に嫌悪感はないし和姦《わかん》だったと思っているので、事を大きくしないでほしいと説得して、やっと泉は落ち着いてくれた。

　それにしても結婚しようと言ってきたり、性犯罪だとつっこめば警察へ出頭しようとする泉は、思った以上に行動力がある。作家として第一線で活躍しているのだから、当然だろう。本人はオタクで地味で気弱だと思っているようだが、大間違いだ。

　結局、結婚も出頭も泉には諦めてもらった。

　涼乃としては、頭上の数字をもっと見ていたい。だが、処女を失うわけにはいかないので結婚は無理だ。出頭されるのも困る。

　どうしようかと考えた末に、嘘の恋人をでっち上げることにした。

　架空の恋人は浮気ばかりする男なのだが、まだ好きで別れられない。最近はエッチもしなくなった。今回、気持ちよくて流されてしまったのはご無沙汰だったせいだし、恋人も浮気しているのだから、涼乃も他の男性とちょっと遊ぶぐらい許されるはず。それに体が寂しくて、誰かに慰めてほしかった。けれど行きずりの男を相手にするのは怖いし、そういう相手をどう探せばいいかもわからない。泉が相手なら安心なので、これからもまた慰めてもらいたい。

　もちろん泉も、涼乃の体で欲を発散していい。自分だけ気持ちよくなるのは申し訳ないと付け加えた。自分だけ乱れて、恥ずかしい思いをするのが嫌だったのもある。

　だから今回のことは気にしなくていいし、泉の仕事の参考になるなら、お互いＷＩＮＷＩＮの関係だ。また関係を持ってくれないかと提案した。

ただし、恋人への気持ちにまだ整理がつかないのと、妊娠のリスクを負いたくないので、最後までするのはなしだという条件付きだ。ここだけ守ってくれるなら、泉の要望にできる限り応えると。

するとなぜか泉の頭上の数字が跳ね上がった。今の話のなにに反応したのか。泉を見ると、頬を染めて口元を押さえ、やや鼻息を荒くしている。

なぜ興奮しているのかと問うと、ＮＴＲやＢＳＳなどが性癖で、つい興奮してしまったと白状した。

ＮＴＲは「寝取られ」のことで、交際相手または配偶者など愛する相手が誰かと浮気すること。ＢＳＳは「僕が先に好きになったのに」の略で、好きな人を他の人にとられた状況のことだという。

妹がその単語を口にしていたので意味がわかった。泉はそういうジャンルが性癖なのだそうだ。

たしかに嘘の設定だけれど、ＢＳＳとＮＴＲが入っている。ＮＴＲに関しては、泉が寝取る側とも言える。

それにしても、そういうのは創作だからいいのであって、リアルでは嫌なものなのではないか。よく興奮できると言えば、涼乃に恋人がいるのは当然だし、自分みたいな冴《さ》えない男が選ばれるわけがないので、嫌がるなんておこがましいと返ってきた。むしろ誰かのものである涼乃と、そういう関係になれたということに興奮している。しかも挿入はお預けという条件も性癖をぐいぐいえぐってくるという。

まったく理解できない。だが、妹もこういうところがあるので、オタクとはそういうものなのだろう。受け流すことにした。

ともかく、この嘘の設定で泉の年収が上がるなら好都合だ。ついでに処女も守れる。

こうして泉とはモデル兼セフレとして契約し直すことになった。

だから付き合ってはいない。泉を真剣に好きな人には悪いが、別れろと文句を言われても困る。

涼乃は溜め息をついて席を立つと、同僚が出勤してくる前に手紙をシュレッダーにかけた。

犯人捜しをして、編集部をかき回したくない。あそこは忙しい部署なので、よけいな問題を持ち込まれたくないだろう。泉の担当編集である中園には、そのうち話しておいたほうがよさそうだ。あの人はいろいろ知っているので、手紙の主にも心当たりがあるかもしれない。

けれどその後、中園は出張などで忙しくしていて話す機会を逃した。その間も手紙は毎日のように届き、涼乃は溜め息をついてシュレッダーにかけ続けた。面と向かって危害を加えてくる気配もないので、まあいいかと気楽にかまえていた。

今日は、一週間ぶりに涼乃に会う。ホテルの料亭で待ち合わせしているため、きちんと身なりを整えて家を出た。

最後に彼女と会ったのは、自宅でモデルをしてもらった日だ。あの日、意識を失った涼乃のスケッチを終わらせたあとに、泉はやっと仕事脳から通常に切り替わった。そして冷静になって目にした惨状に、血の気が引いた。

意識を失った涼乃と、その体を汚す己の体液。それをそのままで、スケッチしていた自分の所業。どれをとっても、体を張ってモデルをしてくれた涼乃に対して配慮がない。ひどすぎる。

慌てて彼女の体を清め、汚れた衣服と下着は洗濯機にかけた。着替えさせるのは難しく、気持ちよさそうに寝ているのを起こしたくなかったので、肌触りのよいブランケットで裸体が見えないようにした。

それから他にすることはと考えて、責任をとるべきだと思った。モデル契約には嫌がることは絶対にしないと記載した。いくら涼乃が嫌がらず許してくれたといっても、これはやりすぎだろう。

それに彼女は行為の最中に、「いや」とか「だめ」とか言っていた気がする。泉も興奮していたせいで、その言葉を無視してしまった。そういう雰囲気で流れだったからといって、自分に都合よく言い訳する気は毛頭ない。こういう事態にならないために契約をしたのに、なんて愚かなのだろう。

自分はそう簡単に性欲に流されないと思っていた。もともと女性は苦手で、触れられることにも触れることにも嫌悪感がある。

ふと、よぎった記憶を追い払うように、頭を振る。あれと他の女性は違うと理性ではわかっていても、感情だけはどうにもならない。そのせいで、涼乃に再会するまで女性は恐怖と嫌悪の対象だった。

けれど涼乃のことは神聖視していたせいか、初めてキスしたときから嫌悪感がなかった。むしろ彼女に触れられるのは至福で、目だけでなく指先でも彼女という存在を感じると、創作意欲が湯水のように湧いてきた。

性的に触れたあの日も同じだ。彼女の快楽に溺れる姿が美しくて、もっと見たいと背筋がぞくぞくした。それは性的な興奮と、作家としての好奇心がない交ぜになった創作欲だった。

描きたい。形にしたい。今このときの美しさを残したい。

見ているだけではわからない涼乃の美しさを、触れた指先から感じ、その体温を知り、生きているのだと感動した。

もっと彼女の素晴らしさや素顔を見たい。見せてほしい。

きっとこの先、そう思える女性は現れない。涼乃だけだ。ならば、手放したくない。

そう思ったら短絡的に婚姻届を用意していた。涼乃に、「悪いと思っていて責任をとりたいなら、この場合は結婚ではなく出頭では？」と言われるまで、独りよがりに気づかなかった。最低だ。

それなのに涼乃は、同意の行為だったから出頭しなくていい、これからもモデルを続けたいと言った。浮気症の恋人がいることを話してくれ、寂しい体を慰めてほしいから、こういう行為込みで契約を続けようと提案までしてくれたのだ。

しかも泉がこれから描くマンガに沿った行為をしてはどうか。そうすれば仕事に役立つのではないか、とまで提案してくれた。それには泉の想像力が大いにかきたてられた。

やはり女神だ。涼乃は慈悲深い上に寛容で、泉の創作意欲を刺激してくれる。

正直、騙されているのかなと思う。こういうエロマンガをどこかで読んだことがある。けれど騙されて身ぐるみ剝がされても、後悔はない。むしろ全財産を差し出したいぐらいだった。

待ち合わせのホテルには、かなり早くついてしまった。予約を告げると、部屋に案内してくれることになった。

料亭はホテル内にあるが、泉が予約した個室は庭園に独立して建っている数寄屋造りの離れだ。宿泊可能なその離れは、庭園の奥、塀で囲われた場所にあった。ホテル利用者が、庭園散策で入ってこられないようになっていると、案内の者が説明してくれた。

「お連れ様が到着されましたら、ご案内いたします」

泉を部屋まで案内しお茶を用意すると、着物の女性は去っていった。

この料亭を紹介してくれたのは、担当の中園だ。彼に、落ち着いて邪魔されずに重要な話ができる場所はないか。相手は絵のモデルになってくれる方で、会食のあとにスケッチもする予定だと告げたところ、ここなら風景もよく、仕事の資料にもなるだろうと、予約まで入れてくれた。紹介がないと、予約できない場所らしい。

しかも『宿泊予定で予約を入れておきました。相手の女性と楽しんできてください』という文で締めくくられていた。一言も女性だとは書かなかったのに、なぜわかったのだろう。だが涼乃と一緒に宿泊する気はない。それではまるで、下心があるみたいだ。涼乃に申し訳ない。

今日は契約の見直しと、今後、本当に性的な行為を含むモデルをしていいなら、細かく取り決めておかないといけないことがあるので、その話し合いだ。不埒《ふらち》な目的で、ここに呼び出したのではない。

スケッチはさせてもらうけれど、あくまで普通のモデルだ。

泉は荷物を置くと座椅子から立ち、スマートフォンのカメラで写真撮影を始めた。作家の性だ。資料になりそうな場所や物を、様々なアングルで撮影して保存しておくと、後々役に立つ。

中園の紹介だけあって、ここは絵になるスポットが多かった。離れから望める庭には池もあり、錦鯉《にしきごい》が泳いでいる。暗くなってくるとライトアップもされるそうだ。他にも寝室や浴室があり、どこも広々として豪華だった。調度品も値の張る品が多く、資料になる。

最後に、座敷で仰向けになって天井の写真を角度を変えて撮影する。横になったとき、手荷物の革のトートバッグを倒してしまった。中の書類がすべりでてしまったが、あとで片付けることにして、写真撮影を続けた。

泉は、仕事を選ばずやってきたので、成人指定の挿絵もたくさん描いてきた。今度、中園とする仕事も成人向けマンガだ。

この手のジャンルの場合、押し倒されて見上げた天井のアングルが必要なときがある。素材や写真をいざ探そうとすると、見つけにくい。このタイプは、自分で資料撮影するほうが手っ取り早いし、版権にも触れない。

せっかくなので、他の部屋の天井も撮影しようと体を起こしたら、涼乃が向かいの座椅子に座っていた。

「うわああっ……す、涼乃さんっ！」

「あ、こんばんは。着いてたんですが、集中しているみたいだったので待ってました」

慌てて居住まいを正して座る。涼乃の手には、さっき畳にばらまいた書類があった。

「ごめんなさい。見えちゃったから、読んでました。これ、新しい契約書ですね」

「はっ、はい。この間みたいに、性的な流れが発生した場合、きちんと性的同意をお互いに得る必要があると思うんです。こういうことは、なあなあにしてはいけませんから」

夫婦間であっても、性的同意なく襲えば性犯罪だ。モデルと雇用主という関係なら、尚のこときちんと取り決めておかないといけない。

「そもそも、その場の雰囲気で性行為の流れに入るのはいけないと思うんです。こういったことは、どうしても女性側のほうが拒絶しにくかったり、流されてしまったけれど本当は嫌だったりする場合があります。後々、思い出してつらい思いをすることにもなります」

この間も、泉は涼乃の「いや」や「だめ」という言葉を聞き流した。行為中のうわ言だったのか、それとも本当の拒絶なのか区別がつかない。

「ですので、雰囲気で性行為になだれ込むのは契約違反にしたいと思います。涼乃さんはどう思いますか？」

「たしかに……雰囲気で流されてってありますね。泉さんが性的に同意しているか、私も判断できませんし、そのほうが安心です」

涼乃相手なら、流されても後悔はない。これは彼女を傷付けたり後悔させたくないための契約条項なのだが、泉の性的同意まで気にしてくれている。こういう場合、男性側の立場は蔑ろにされがちなのに、涼乃は公平に考えてくれていて嬉しくなった。彼女の外見だけでなく、こういうところにも惹《ひ》かれる。

「では、この条項は同意ということで。次は、どのような性的行為……えっと、プレイと言わせてもらいますね。このプレイ内容について事前に話し合い、お互い同意に至ったらプレイを開始することとします」

「毎回、話し合うんですね……ちょっと面倒そうですけど、安心感があります。なにをされるのかわからないのは、お互いに怖いですよね」

「内容ですが、僕の仕事の参考になるプレイを要求することになると思います。なのでイラスト付きの企画書を書いてきたので、あとで読んでみてください。嫌な内容があれば、言っていただければ削除します。逆に涼乃さんから、こうしてほしいという要望があれば取り入れます」

　今日の話し合いの参考になればと、クリアファイルに入った企画書を渡す。企画書には、松書房で掲載予定の成人向けマンガのプロット内容も含まれる。そのプロットの中で描く予定のプレイを涼乃で試したいが、問題はないかどうか確認するものだった。

　これを今日、実行するつもりはない。持ち帰って、検討してもらいたいと伝えると、ちょうど食事が運ばれてきた。慌てて、机の上に広げていた書類を片付ける。

　料理が並ぶと、給仕の女性が奥へ引っ込む。

　この離れには簡易の厨房《ちゅうぼう》がある。料理は本館の料亭で作られるが、仕上げはここでされて運ばれてくる。厨房の隣には控えの間があり、食事の間はそこに従業員が詰めていて、料理の給仕以外では、内線で呼ばなければ部屋にはこない。

　おかげでとても静かだ。内密な話をするときによい場所だと中園が言っていた。もちろん従業員の口も非常に固い。

「せっかくだから、温かいうちに食べましょう」

　もちろん食べる前に、涼乃に断って料理やお品書きの写真を撮る。妹も同じことをすると笑ってくれる彼女に、ほっとする。こういうやりとりを、気負いなくできるのは嬉しい。

　食事は会席料理のコースだ。食前酒と先付けから始まり、次々と目にも美しい料理が供されていく。その合間に、契約書の不明な点について涼乃が質問し、それに丁寧に答えていった。互いの認識のすり合わせもきちんとする。

「このセーフワードというところなんですけど……必要ですか？」

ちょうど蒸し物で茶碗蒸し《ちゃわん》が出されたあとだった。涼乃が契約書の箇所を指さして言った。

セーフワードとは、危険なプレイをする前に決めておく、中断の合言葉だ。その言葉を聞いたら、ただちにプレイをやめなくてはいけない。

「妹の持っていたマンガで見たことのある単語なので、意味はなんとなくわかりますけど。危険そうなプレイなら、最初から拒否すると思います。それに最中でも嫌だと主張すれば、泉さんはきちんと聞いてくれるでしょう？」

信じて疑っていない目を向けられ、困ってしまう。たしかに嫌だと強く主張されれば、途中で止まれる理性はあると思う。だが、万が一ということもあるし、それだけが問題ではない。

「あの、ご存じかと思いますが、僕は童貞です。その……この歳で、女性とお付き合いしたことも一切ありません。女友達もいませんでした。身近で接したことがある女性は母だけでしたが、今は疎遠です」

己の未熟さを話すのはとても恥ずかしくて緊張する。どんな反応をされるか、馬鹿にされるのではと不安にもなる。

けれど涼乃にはするりと話せた。今までの関わりで、彼女なら大丈夫だという安心感がある。

「女性と今までこういう関係になったことがない僕は、行為中の嫌や駄目という言葉が本気なのか喘ぎの一種なのか判断がつきません。実際、この間も涼乃さんは嫌や駄目と言っていましたが、僕は興奮して無視しています。むしろその単語に煽られていました」

世の中にあふれる成人向け創作物の中で、肉体的に攻められる側が嫌がるシーンは多々ある。だが、馬鹿正直に行為をやめる展開は少ない。嫌がる台詞にハートマークがついていたり、受ける側が悦んでいるように表現されたりもする。そのせいで、リアルでも最中の嫌がる言葉や仕草に、攻める側が受け入れられていると錯誤してしまう場合が多い。

創作物を批判する気はないし、創作の中ならば許されるとは思うけれど、現実では通用しないと肝に銘じている。そんな泉も結局、雰囲気に流されて彼女の嫌がる言葉で止まれなかった。むしろ興奮していた。

「だから、もしプレイ中に重大な違反や危険があったとしても、嫌だと言われて止まれるか絶対の保証がありません。最初にも話しましたが、興奮している状態ではそういう雰囲気だったからと、お互いに流されてしまう可能性があります。セーフワードはそういう流れを断つために必要だと思います」

「なるほど……」

涼乃は少し考えるように顎に手をやったあと、ぱっと顔を上げた。

「納得しました。そういうことなら、お互い悲しい思いをしないためにも必要ですね。こうやって事前にいろいろ考えて対策してくれて、とても嬉しいですし安心感があります」

自分ではここまで考えられなかったという涼乃は、セフレの提案をしたことを少し不安に思っていたらしい。

「あんなおかしな提案をする女なんて、雑に扱っていいと思われても仕方ないのに。泉さんは、本当に真面目ですね」

涼乃がふわりと笑う。

「でも、そういうところ、好きです」

ぐっと心臓に言葉が突き刺さる。勘違いしてしまいそうだが、これは告白ではない。

「えっと……それで、セーフワードはどんな言葉にしましょうか？」

「プレイとは関係ない、憶えやすい言葉がいいんですよね」

「主に涼乃さんが使用するので、涼乃さんが言いやすい言葉にしましょう」

そう提案すると、彼女は座卓の上をざっと見まわして口を開いた。

「じゃあ、茶碗蒸し」

「茶碗蒸し……でいいんですか？」

話していて食べていなかった茶碗蒸しを見る。青楓《あおかえで》をかたどった麩《ふ》と海老、菜の花ののった餡掛《あんかけ》茶碗蒸しだ。初夏らしい彩りで美しい。

「ぱっと思いつくものがなくて。それなら、今日の思い出になりそうなものでいいかなと思いました。今、二人で話し合ったことも思い出せて、中断するセーフワードに最適じゃないですか？」

言われてみると、そうかもしれない。これから先、セーフワードとは関係なく、茶碗蒸しを見るたびに涼乃とここで話し合ったことを思い出しそうだ。

「いいですね。それでは、茶碗蒸しに決定しましょう」

重要なことが決まってほっとした。茶碗蒸しを食べ終え、次の食事が運ばれてきたあと、他に不明な点がないか聞く。

「そうそう、ここがちょっとわからないんですが……」

そう言って涼乃が指さした契約書の部分には『行為中、男性器を挿入してしまう危険を防ぐために、あらかじめ道具によって膣《ちつ》を塞いでおく』と書いてある。涼乃が最後までは絶対にしたくないと条件を出したので、それを完遂するために考えた条項だった。

「これ、私が出した条件を守るためですよね。でも、なにで塞ぐんですか？」

「えっとですね……バイブの類が安全だと思うんですよ」

少し恥ずかしくなって言いよどむ。食事中になんて会話をしているのだと正気になりかけたが、これは契約の確認だと言い聞かせる。恥ずかしがって、きちんと話せないなんてあってはならない。現に、涼乃は平気な顔で話している。

一応、聞かれたときを想定して、道具の用意もしてきた。

「バイブですか？　どういったタイプの？」

「一応、参考になるかと何種類か持ってきています。見ますか？」

「……はい。お願いします」

一般的に想像するタイプのものから、変わった形のものまで五種類ほど黒い布袋に入れてきた。それを涼乃に渡す。

中をのぞき込んだ彼女は、「おおっ」「わあぁ」「すごっ」など呟いて、袋の中で一つ一つ手に取ってみている。女性経験が皆無なせいで、もうそれだけで落ち着かない気分になり、座椅子の上でもぞもぞした。

「ええっと……そうですね。バイブの経験はないので、細いものでお願いしていいですか？　他のは怖いです」

「……わかりました」

そうかバイブの経験はないのかと、噛みしめる。非常に貴重な情報を得た。

涼乃から袋を返され、そのあとは普通の雑談をして、デザートまで食べて会席料理のコースは終わった。

「え？　泊まらないで帰るんですか？」

少しスケッチさせてもらったら、終電がなくなる前に帰ろうと言ったところで、涼乃から驚いた声が上がった。

「泊まるって話しましたっけ？」

「フロントと案内してくれた方が、ご宿泊の準備もできてますって言ってました。聞いたら、食事だけでなく宿泊予約になってるって」

駅まで涼乃を送ったら、自分だけ泊まるつもりだった。取材がてらホテルの庭も散策する計画で、宿泊予約はそのままにしていた。

ホテル側は、涼乃も知っていると思って話したのだろう。または、女性側が知らなくて問題にならないよう、確認してくれたのかもしれない。

「私、こういうところに泊まったことがないので、宿泊できるならしてみたいです。それに、この企画書の内容にここの雰囲気、合致してますよね。ここで、このプレイをするのだと思ってました」

「いえ、それは……持ち帰って、じっくり検討してもらおうと……」

そうは言っても涼乃の指摘通り、この離れは企画書のプレイ内容に合致する。

企画書の一部でもある、第一回の読み切りのプロットは中園にも提出済みだ。それを見た彼に、図られたみたいだった。相手が涼乃で、性行為込みのモデルをしてもらっているなんて話していないのに、どうしてだろう。

「企画書ですが、食事中にさらっと読みました。イラストが多いからすぐ読めて、わかりやすかったです。何点かよくわからないところがあったので、そのへんを説明してもらって、話を詰めたら、私はプレイを今夜してもいいかなって思ってます」

涼乃は、泉の頭上をちょっと眺めて頷いた。

たしか、なにか考えるときの癖だと言っていた。彼女の中では、考えがまとまって答えが出たらしい。

「宿泊したいので、プレイしませんか？」

にこっと笑い、企画書をかかげる。その可愛い誘いを、泉が断れるはずがなかった。

5

先に風呂を使わせてもらい、泉が上がってくるのを寝室の続きにある居間で待つ。食事をした座敷とは別で、ソファやテレビがある部屋だ。襖《ふすま》で仕切られた寝室は畳敷きで、布団が二組ぴったりと並んだ状態で敷かれている。

いかにもな様子に、ちょっと笑ってしまった。ホテル側は、二人を恋人同士だと思っているのだろう。

急に泊まることになったので着替えはない。けれど浴室には豪華なアメニティが揃っていて、浴衣もあるので困らなかった。

脱いだ服はクローゼットにしまい、下着を棚に置く。浴衣の下は裸だ。これからのプレイで汚したら面倒なので、はじめから身に着けなかった。

ソファに腰かけ、さっき泉と確認した企画書を見直す。

内容は、オークションにかけられる没落令嬢。場所は会員制の旅館の離れで、そこに集まったオークション参加者たちによって味見をされ、最終的に犯されるという筋書だ。

ちょうどこの離れが、舞台になっている旅館のイメージに合う。

没落令嬢はプライドが高く気が強い性格で、抵抗して暴れるので両手首を縛られ、天井に吊《つ》られて立っている状態だ。目隠しをされ、衣装は浴衣。泉のイラストで図解されていた。

けれど、ここには天井から吊るせる器具はない。代わりに、居間の天井までの空間を黒くてどっしりとした梁《はり》が横切っている。白い土壁との対比が美しい。ここに浴衣の帯を通して吊るすなら、強度も問題ないだろうとなった。

梁と帯の間にタオルを噛ませれば、傷をつけないだろう。涼乃の両手首にもタオルを巻いて、痕が残らないようにする。帯もリボン結びにするので、涼乃が怖くなったら自分で解けるようにすると決定した。

それから立ったままでのプレイは危ないので、椅子に座ってすることになった。梁の下に、縁側にあったラタンの一人掛けソファが置かれている。

目隠しをすると頭上の数字が見えなくなるが、プレイに没入するには必要だと思い了承した。それに最終的には目隠しは外される流れになっている。

リアルでこんなことをされたら怖いだけだが、これはプレイだ。事前説明があり、プレイの流れも綿密に決めてあるので安心だった。

もう一度、企画書に目を通して、プレイの流れをさらう。初プレイから濃厚だけれど、泉に嬲られるなら嫌ではない。この間のことを思い出して、体が疼いた。

テーブルには、食事のときに涼乃が選んだバイブが置いてある。指ぐらいの細さのそれは、柔軟性があって曲げることができるらしい。膣内の感じる場所にあてて、振動させたりできるそうだ。そして指よりも長いので奥まで届くと、二人で企画書の内容を確認するときに説明を受けた。

それ以外にも、細めのバイブ数本とローターが置かれている。

このバイブとローターもプレイで使われる予定だ。この細さなら、処女のまま奥まで犯すことができるだろう。

きゅんっ、と下腹部が甘く切なくなる。慌てて、企画書を置いた。泉の美麗なイラストがついているのも悪い。見ているだけで、いやらしい気持ちになる。

このままでは、プレイの前に浴衣を汚してしまうかもしれない。気を紛らわそうと視線をさ迷わせる。ローテーブル横のラックにあった新聞を手に取る。

今日の夕刊で、政治家の贈収賄事件や各地で頻発している強盗事件、有名な画家の訃報、スポーツ選手の怪我など最近の出来事が一面にまとめられていた。

活字を追っているうちに、体の熱も落ち着いてきて、泉が浴室から出てくる物音がした。

「お待たせいたしました」

襖《ふすま》を開けた彼は浴衣ではなく、さっきと同じ服装だった。髪がわずかに湿っているので、入浴はしたのだろう。

「あ、浴衣だと動きにくいので……嫌でしょうか？　でも、このほうがうっかり性器が露出することがないので、お互いに安心して行為に挑めると思うんです。脱ぎにくいと冷静になれるかなって」

涼乃の視線に気づいた泉が、服装の説明をする。視線だけでこちらの気持ちを汲《く》んでくれる彼に、さすがだなと思う。作家は共感性の高い生き物だと実感する。

やはり身をゆだねるのに安心な相手だ。それに流されて性交してしまわないように服を着ているという説明に、思わず笑う。妙な気遣いが嬉しい。

「大丈夫です。そのままで……じゃあ、始めますか？」

泉が少し緊張した面持ちで頷いた。

目隠しをされているので、なにも見えない。両手は拘束され、上に吊られている。座っているラタンのソファには、汚さないようにとバスタオルが敷かれていた。

カリカリと鉛筆の走る音がする。泉がプレイを開始する前にスケッチしているのだ。視界を遮断されているせいだろうか。鉛筆の音が肌をすべっていくような感覚がする。カリカリだけでなく、たまに「シャッ」や「スーッ」という長い線を描く音がすると、愛撫の仕方が変わったような気分になる。

脚の間がじわりと湿ってきた。音だけで感じてしまうのは、はじめてのときにスケッチをしながら行為を始めたせいだろう。

鉛筆が止まる気配がして、道具を置いた泉が歩いてくる。目の前で足音が止まった。すっと頬になにかが触れる。びくっと、過剰に反応してしまう。少しかさついた感触と、思ったよりも温かい肌。この感触を知っている。泉の指だ。ほっと体から力が抜ける。見えないだけで、いつもより肌が過敏になっている気がする。彼の感触や気配、体温をより強く感じる。

「顔を上げてください……お集まりになったお客様に、よく見えるように」

プレイが始まっている。落ち着いた泉の声に、彼が仕事モードに入っていることがわかった。仕事なら役にも入り込めるらしい。

彼はオークション主催者の立場で、事を進めていく。企画書のキャラ表にあった人物だ。仕事中の泉のような冷淡だが熱を秘めている役柄なので、演じやすいのかもしれない。

このキャラは没落令嬢の家の元使用人で、令嬢が恋心を寄せていたという設定がある。けれどこの元使用人に裏切られて売られ、彼の目の前で犯される。実は彼は令嬢を汚して堕《お》としたいという仄暗《ほのぐら》い歪んだ愛を抱いていて、という絶妙に泉の性癖を満足させる設定になっているのが面白い。

「抵抗したり、罵倒しないように。よけいなことを喋るようでしたら、口も塞がないといけなくなります」

熱のない彼の声に、緊張と期待で鼓動が速くなる。

台詞は、見せてもらったネームにあったものだ。没落令嬢はこの脅しに怯えて、しばらく大人しい。

くいっと顎を掴まれ、持ち上げられる。指が唇をひと撫でし、口中に入ってきた。

きた。

「よく舐めて濡らしてください。痛い思いはしたくないでしょう?」

指が二本、奥までぐっと侵入してきて口腔を嬲る。舌をぐいぐいと強く押され、喉が圧迫される。少々乱暴な扱いだが、事前に聞いていたから怖くない。むしろ、ぞくぞくしてきた。

ぬちゅぬちゅと指を出し入れされ、唇の端から唾液が滴る。従順に指へ舌をからめると圧迫感はなくなり、代わりに感じる場所を撫でてくれる。なにも言っていないのに、涼乃の反応で弱いところを探り当てているらしい。

しゅるりと帯を解かれる音がして、浴衣の前がはだける。滴った唾液が胸の谷間に落ちて、体がぶるりと震えた。

「もう充分ですね」

「……ん、んぐっ……んぁッ……はっ、あぁっ」

指がずるりと引き抜かれ、はだけた前を大きく開かれる。濡れた指が、鎖骨の間から臍《へそ》まで体の中心をつうっと撫で、その下の閉じた脚の間にすべり込んだ。

「ひゃっ……! あっ、やぁ、そこ……ッ」

ぬちゅっと音がして、閉じた襞に指が捻じ込まれる。口の中を嬲られている間に、ひくついていた蜜口が震えて、雫《しずく》をこぼす。

「ここをほぐして、集まった方々に見てもらう必要があります。脚を開いてください」

「いやぁ……ンッ……はっ、あっあっ……やめっ、てッ！」

両足を強引に開かれ、椅子のひじ掛けに載せられる。両手を吊られ、深く腰を掛けている状態なので、開いた脚を下ろすことが自力では難しい。

本気で嫌ではないけれど、見えないせいもあって不安になってくる。誰かいるのではないか。そんな妄想をしてしまい、だんだんと役にのまれていく。

「ここを綺麗に開いて、皆様に形を検分してもらいます。その準備ですので、暴れないように」

「あっ、ひっあぁッ……！　やんっ、いれちゃ……やぁッ！」

前触れもなく指が一本、ぐちゅんっと挿入される。濡れているので痛くはない。けれど見えないからか、前のときより快感が強くて、きゅっと蜜口がすぼまる。指の形がわかるほど、中も収縮した。

「もっと柔らかくする必要がありますね」

ぎちぎちに締め付けている中から、乱暴に指が抜ける。内壁と蜜口を強くこすられ、ぐちゅっと音がして蜜がかき出された。

「せっかくですので、お集まりのお客様にほぐしていただきましょう。希望者の方、どうぞ」

「い、いや……っ」

泉が目の前からいなくなる足音がして、しばらくして乱暴な足音で戻ってきた。

他のキャラは無言で通すことになっている。そのぶん足音に変化を持たせたのだろう。乱暴なオークション参加者の役なのかもしれない。彼が、目の前に跪《ひざまず》く気配がした。

泉だとわかっていても、見えないせいで緊張する。ひくりっ、と震える蜜口に指が触れる。

「ひんっ……やッ！　あっ、や、やめて……ッ！」

襞をぐいっと開かれたところに、生温かい息があたる。思わず腰が引けるが、逃げられない。

ぬるりとした舌が襞を這う。鼻先が肉芽を押し上げ、吐息で蜜口の縁をくすぐられると、腹の奥がきゅうっと甘く疼く。

「あぁ、ひぃアッ……！　いやぁ、やだぁ……だめぇッ！」

参加者相手なら元令嬢は感じたくないだろう。だが設定通りに嫌がっているうちに、だんだんと倒錯的な快楽にハマっていく。

悶える腰を抱えられ、さらに深く舌が襞にもぐった。ぬちゅるっと音をさせ、重なった柔肉の間に入り込み舐めしゃぶる。はあはあという荒い息にも愛撫され、蜜口もその奥もびくっびくっと激しく痙攣する。

鼻先でぐりぐりされていた肉芽は、膨らんで痛いほどだ。そこへ嚙みつくように、じゅうっと吸いつかれる。

「やっ……ッ！　あっああ……ッ……いやっ、アアァッ！」

びくびくっと肉芽が震えて、熱が弾ける。けれど達した余韻にひたらせてはもらえず、あふれる蜜で濡れる襞に、舌が這う。

舐め上げられ、じんじんする肉芽を甘嚙みされる。その度に腰が跳ねて、内壁がきゅうっと収縮する。奥が寂しい。

元令嬢なら、欲しがってはいけない。けれど奥が疼いて、息が乱れる。

「あっあっ、ひん……ッ！　ら、らめっ、はいら、ない……でッ、いやぁンッ！」

蜜口の縁を這っていた舌が、ぬるんっと中に入ってきた。ぬぷぬぷと浅い場所で出入りして、内壁をぐるりとかき回す。

けれど舌なので、それ以上は入ってこない。それがもどかしくて、押しつけるように腰が前に出る。待っていたかのように、舌が深く沈む。

「アァ……ひぃ、ンッ……！　やっ、やぁ……あぁッ……っ」

けれど、また絶頂が見えかけたところで、舌がずるっと抜けた。思わず不満げな声が漏れてしまう。肉芽も蜜口も疼いている。その状態で放置された。

「では、次の参加者に交代です」

泉の低くて冷たい声が響いて、動く気配がする。また別の参加者に味見される設定だ。

今度はすり足の参加者だった。

「ひっんっ！　ひゃぁ、だめ……ッ！」

ふいに乳首を摘ままれ、驚きに声を上げる。見えないせいで、なにが起こるかわからなくてドキドキする。

　涼乃の蜜で濡れた指先で、乳首をこねられる。反対側は生温かい口腔に含まれ、舌先で転がされた。すぐに硬くなって、じんじんしてくる。

「いやぁ、いや……アアァッ……！　やぁッ！　やめてぇ……ッ」

　元令嬢の気持ちになると、泣きじゃくりたいほど気持ち悪いはずだ。けれど相手は泉なので、変に興奮してくる。嫌がるほど快感が高まった。

　乳房を揉みしだかれながら、ちゅぱちゅぱと乳首を吸われたり甘嚙みされたり。たまに敏感な脇をぬるんと舐められ、体が跳ねる。嫌がって体をひねれば、脇の下を執拗に舐め回されて息が上がった。

「はっはぁ……もっ、やぁ……ッ」

　高まって放置された下半身が、さっきから疼いて仕方がない。たまに、するりと撫でられたり、濡れそぼったそこを指でつつかれたりする。まるで、他の参加者も加わって悪戯しているみたいだ。

「ふぇ……え、ンッ……はっ、はぁらめっ……アアァ！」

　とうとう指が入ってきた。浅いところでうかがうように、くぷくぷと出入りしていたかと思ったら、一気に根元まで突き入れられる。

「ひっ、ンッ！　やぁ、いやぁ……そんなに、しちゃっ……らめぇッ」

　奥まで入った指が、じゅぽじゅぽと中で動く。腹側を突くように指先でノックされ、きゅんと内壁が疼く。締まる中に抵抗するように、ずずっと指が引き抜かれる。こすられた内壁と蜜口が快感に甘く震えた。

すぐにそこへ、増やされた指が押し入る。濡れそぼって柔らかくなっている中は、難なく指をのみ込んでうねった。

「はぁっ、ん……アァッ！　もうっ、やっ……やめてぇ……ッ！」

もっと欲しい。けれど嫌がらなくてはという気持ちの狭間で、自分が涼乃なのか元令嬢なのかわからなくなってくる。脳みそがとろとろになって、なにも考えられない。

ぬぷぬぷと指が行ったり来たりし、腰が揺れる。高まってくる熱を早く解放したい。あと少しで手が届くというところで、指がすべて抜けていった。

「あん……っ……はっ、はぁ……っ？」

尻の下に敷いたタオルはもうびちゃびちゃで、蜜口は物欲しそうにひくついているのがわかる。すぐに指を戻してほしい。もっとぐちゃぐちゃにして、かき回して犯してほしいのに愛撫の手がすべて引き、目の前から気配もなくなった。

「では、お試しはここまでです。ここからはオークションになります」

参加者に向けての言葉のあと、すっと気配が戻ってきて、耳元で囁かれる。

「その間、お嬢様はこちらで遊んでいてください」

ぐっと蜜口を指で押し開かれ、柔らかくて小さなものを奥へ挿入される。

「ひっ、ひゃあぁンッ……！　やらぁ……な、なに……アァッ！」

異物がぶるんっと動き出す。ローターだ。微振動だけれど、感じる場所にあたっていてたまらない。

「アッアアァ……！　ひっ、あ……ッ！」

「もう少し強いほうがいいでしょうか？　たくさん乱れて、お客様の目を楽しませてくださいね」

「ひぃんッ！　やっ……ッ、アアァッ……ひぅッ！」

振動が一気に強くなり、身悶える。けれど弱くしてはもらえず、そのまま放置された。

一応、シナリオにあった内容だ。嫌ならセーフワードを使えばいい。

けれど喘《あえ》ぎ声しか言葉にならない。それに嫌ではなかった。安全な中で、信用している相手から凌辱《りょうじょく》されているだけで、怖くない。むしろ気持ちよくて、感じすぎてしまって呆《あき》れられていないか少し心配なだけだ。

「あっ、ふぁ……ッ！　やぁ、やんッ……らめ、なのにっ……ひゃぁアアァッ！」

少しすれば慣れてくると思っていた刺激は、時間がたつほど快感が増す。単純な振動なのに、体の中を駆け回るいやらしい痺《しび》れは複雑で、けれど簡単に絶頂もさせてくれない。

もどかしくて苦しくて、今がどういう状況かもわからなくなる。早く達したい、泉に戻ってきてほしい。そればかり考えてしまい、カリカリという鉛筆の音が聞こえたのはしばらくたってからだった。

「いっいやぁ……あっ、もう……こっち、きて……ぇっ」

ループするような快感の波に弱音をこぼす。一瞬、スケッチの音がやむが、無情にも泉は戻ってきてくれなかった。

どれくらい鉛筆の音がしていたのだろう。達することはできないのに、小さな疼きがたくさん重なって快楽漬けにされた体は、もうくたくただった。

「お嬢様、ずいぶんとお楽しみだったようですね」

「はっはぁ……もっ、とってぇ……っ」

やっとスケッチを終えた泉が、ひくんひくんと体を震わせる涼乃の頬を、するりと撫でる。そういえばプレイの最中だった。快楽に溺れた頭では、このあとどういう展開だったか思い出せない。

「売られ先というか……売られ方が決定いたしました」

「……売られ、かた？」

「ええ、誰もがお嬢様をほしがって値がつり上がりすぎたので、皆様で均等に出資して共有することになりました。普段の管理と躾《しつ》けは私が担当いたします」

思い出した。そういう設定だった。

吊られていた腕が外される。両手首も解放されたけれど、ずっと同じ姿勢だったせいで腕が痺れて動かなかった。乱れた浴衣も脱がされる。目隠しは、まだそのままだ。

「布団へ移動いたしますね」

軽々と抱き上げられて少し驚く。泉の腕は思ったよりも力強い。

すぐに布団の上に下ろされる。入ったままだったローターの角度が変わって、体が跳ねた。

「んっ……ひゃぁ、あぁ……ッ！　もっ、これ……やぁ……」

「では、皆様に可愛がってもらうんですよ」

どこか恍惚とした泉の声がして、気配が引いていく。中のローターは抜いてもらえなかった。

肌触りのいいシーツの上で悶える。自分で抜けたらいいけれど、腕が重くて動かせない。そうこうするうちに物音がして、泉が戻ってきた。けれど喋らないので、これは彼ではない設定なのだろう。

無言の影が覆いかぶさってきて、耳元ではあはあと生々しい息遣いがする。泉だとわかっていても、ドキドキして緊張した。恐怖と期待と、倒錯的な快感にいやらしく息が上がる。

「はぁ……やっ、やめッ……ひぃっ……！」

大きな手が閉じていた膝を掴んで、思いっきり割り開く。蜜で濡れそぼった場所が、空気に触れてひやりとした。

そこへ硬いものをごりっと押しつけられ、尖端がぬぷっと入る。

「いやぁっ、やっ、やめて……ひゃあぁアァッ……！」

嫌がる涼乃の言葉は無視され、ずぶずぶっと異物が一気に奥まで挿入され、中で振動していたローターを押し上げる。

「ひぃっ……！　や、らめぇ……いやぁ……奥、きちゃ……うッ！」

ぶるるんっ、とローターが最奥にぶつかって大きく振動する。異物は涼乃が使用を許可したバイブのどれかだろう。それも振動しながら、ぬちゅぬちゅと中をかき回して出入りする。

あっという間に絶頂まで押し上げられ、体がびくんっと跳ねる。長く放置されていたせいで快感が強すぎて、軽く意識が飛ぶ。

けれど中に入ったままのローターとバイブのせいで、すぐに意識が戻る。

「いやぁ、はっはぁ……ッ、アァァ……アァンッ……！」

達したあとの敏感な中を、ぐいんぐいんとバイブでえぐられる。そのうち両足を抱え上げられ、腰をぱんぱんと押しつけられた。着衣だし、入り口はバイブで塞がれているのに、知らない誰かの一物を入れられ犯されているようだった。

「ふぁっ……アァッ！　やぁ、んっ……やめってぇ……ッ」

腰を揺すられながら、大きな手で体をまさぐられ、乳房の尖端にむしゃぶりつかれる。ぬちゅぬちゅと乳首を口中で転がされながら、蜜のすべりで出てくるバイブの端を何度も押し込まれる。すぐに二回目の絶頂感がやってきて、今度は達したまま戻ってこれなくなった。

「アァあぁ……ッ！　ひぃっ、や、らめぇ……ずっと、いっちゃう……ッ！」

ビクンッビクンッと全身が跳ねて止まらない。なにをされても達してしまう状態に入ってしまった。

中をぐちゃぐちゃに犯していたバイブが、ずるんっと引き抜かれ、次のモノがゴリッとあてられる。だらしなく開いた蜜口に、その尖端がぬぷっと沈む。

「ひぃんッ……！　あっ……ッ……まって、すぐは……いやぁ……ああンッ！」

ぐちゅんっ、と別の形の異物を根元まで一気に挿入される。まるで犯してくる相手が変わったようだった。バイブの振動の仕方や角度も違う。奥にあるローターも突き上げられ、位置が変わって、涼乃を乱れさせる。

「やっ、やらぁッ……ひぃんッ！　アッアアア……あひッ」

入れられただけで、すぐに達して、次々と快感が襲ってくる。もうなにをされても気持ちよくて、でもそれが苦しくて、やめてほしいと言葉がこぼれる。その口を塞ぐように、なにかを唇に押しつけられた。

「やっ、なに……んっ……んぐ……ッ！」

口を開くと、異物が入ってきた。柔らかくてゴムっぽい味と臭いがして、顔をしかめる。バイブだろう。

たしか、無理やり口淫させる描写があった。それだと、ぼんやりした頭で理解する。

何度か嫌がる素振りで、首をいやいやと振るが、強引に異物が入ってきた。口いっぱいに入れられたそれは、下に挿入されているモノより太くて大きい。涼乃が選ばなかったバイブのほうだ。

「んっ、んんっ……んぁッ……や、んぐぅッ」

腹の奥で振動するバイブの動きに合わせて、口の中のモノが出し入れされる。開いたままの口から唾液があふれ、出入りするバイブと口元をぐちゃぐちゃに濡らす。

本当に口淫させられているみたいで、だんだん変な気分になってくる。契約で、涼乃が了承していないバイブを膣に挿入してはいけないとなっているが、次に入れられるのがこれだったらどうしよう。不安と、妙な期待が込み上げる。

まだ処女でいたいので、処女膜を破りそうな太さのものは嫌なのに、心が揺れる。もっと気持ちよくなれるかもしれないと、欲がむくむくとわいてくる。

「んあっ……はっ、はぁ……ッ、まっ……て、いやぁッ」

口腔を蹂躙していたバイブが抜ける。唇の端からあふれた唾液が、顎を伝って首筋や胸元を濡らした。同時に、下の口を犯していたモノも引き出され、代わりのモノが宛がわれた。

「ひっあぁッ……あぁあぁッ……！　んっ、あっまって、まっ……ぇッ」

ぐぷぐぷと蜜を泡立たせて分け入ってきたのは、涼乃が選んだと思われる細いタイプだ。口内を犯していたモノでなくて安堵したが、物足りなさも感じる。そう思えていたのは最初だけで、細身のバイブはくねるように動きだした。

新しい刺激に、体が勝手に跳ねる。嬌声《きょうせい》も止まらない。ずっと子宮口を嬲っていたローターも、バイブの動きに連動して、暴れるように膣内で跳ね回る。

「ひゃあぁッ……それっ、らめッ！　きゃあぁ、あぁ……ひぃんッ！」

それから何回、違うバイブを試されたかわからない。声を上げるのもつらくなり、小さく喘ぐだけになった頃、涼乃を犯す手が引いていった。ローターもバイブも引き抜かれ、体から力が抜ける。くたりと手足を投げ出し、意識がまどろむ。遠くで鉛筆の音がしていた。

「お嬢様、お客様はお帰りになりました」

しばらくして、するりと目隠しが解かれる。部屋は間接照明の明かりだけになっていて薄暗い。圧し掛かってくる泉の頭上に、数字がちゃんとあるので、まだ処女として認識されている。数字も順調に増えていた。

彼はまだ、仕事のときの目をしている。お嬢様呼びのままなので、プレイは終わっていないのだろう。

「最後に、もう少し……私の躾をお受けください」

冷徹な目の奥で、ゆらりと情欲が揺れる。ここからは元使用人の泉が相手になるのだと思ったら、疲れたはずの体が疼いた。

「……しつけ？」

「ええ、私のことも受け入れてください。たくさん頑張りましたからね、ご褒美みたいなものです」

うっそりと泉が笑う。背筋がぞくりと甘く震えた。

元令嬢は、この使用人に恋をしている。その相手に裏切られはしたが、恋心はまだ残っていて、初めては彼がいいと思っていた。輪姦されたあとに、その彼が抱いてくれるという。ある種のお清めエッチというやつだ。

「次も頑張れば、ご褒美をあげましょう」

要するに、また輪姦されたら彼が最後に抱いてくれるということだ。言うことを聞いていれば、彼がご褒美をくれる。たしかにこれは躾だ。

泉の顔がゆっくりと近づいてきて、唇が重なった。すぐに口中に入ってきた舌に弄られ、口付けが濃厚になる。さっきまでの凌辱が嘘のような甘ったるいキスで、体がとろとろになっていく。

肌を這う手の動きも優しくて、疲れた体を労わるような愛撫だった。口付けながら、胸を撫でていた手が下へ下へと移動する。蹂躙され、はしたなく濡れそぼった脚の間に指がすべり込む。

「はっ……はぁっ、んっ……すき」

音を立てながらのキスの合間、元令嬢に同調して思わずこぼしていた。

「私も好きですよ」

熱のない言葉が返ってきて、体をうつ伏せにされる。柔らかい枕に顔をうずめるように抱きしめると、腰を摑まれて持ち上げられた。

「ひゃぁ……ッ、なに……？」

「後ろからは、まだされていなかったでしょう。次にお客様を楽しませられるよう、先に練習しておきましょう」

　蜜口になにか触れたと思った直後に、ずんっと一気にバイブを挿入される。すぐにスイッチが入って、ぶるんっと呻《うな》って震えだした。

「ひぁッ！　アァァ……ッ！　やぁ……ッ、らめ……ッ」

　少し休んで油断していた体は、強い刺激にがくがくと震える。膝が崩れ落ちそうになっていると、背後でベルトの外れる音がして、脚の間に猛った彼の欲望が挟まった。

「えっ……ひゃんっ！　あっ、あぁぁッ……！」

　前にこすりつけられたときと感触が違うと思っていると、膝を閉じるように太腿を抱えられ、後ろからずんずんっと抜き差しされる。それは濡れそぼった襞の間を勢いよく行き来して、尖端で肉芽をぐりぐりと押し潰す。挿入されたままのバイブは、蜜口が緩んで外に出てくると泉の腰に押され、ぐちゅんっと奥へと戻される。

「あっあっ、らめぇ……ッ！　それ、奥……はいっちゃッ……！」

　中を犯しているのは、涼乃の選んだ中でも長いタイプのモノで、泉の腰の動きで最奥の子宮口を尖端でごりごりと突いてくる。肉芽や襞はぐちゅんぐちゅんといやらしい音をさせて、彼の肉棒でしごかれ続けていた。

　きゅうんっ、と下腹部が甘く痺れてうねる。本当に繋がっているような感覚がして興奮する。体がいやらしく火照って、気持ちよくなることばかり考えてしまう。

自然と腰が揺れて、もっとと泉を欲しがった。それに応えるように抜き差しが激しくなった。後ろから少し乱暴に突き上げられ、バイブがぐぐっとさらに深く突き刺さる。

「ひ……ぐっ……！　あぁぁ……アッ……アァァッ……！」

びくびくっと膣が震え、くわえたモノを絞り上げる。そのせいで振動が強く腹に響く。もう絶頂が近い。泉も限界なのか動きが速くなる。

「あひ……っ、ひぁッ……アッ……あぁぁッ、もうっ……ひんッ！」

「くぅッ……出しますっ」

覆いかぶさってきた泉が、耳元で吐息をこぼす。ぞわりと肌が甘く粟立《あわだ》ち、蜜口が締まる。同時に、猛った欲望の先で肉芽をぐぐっと押し潰されて、熱が弾ける。頭が真っ白になる快感のあとに、内壁が強くうねって緩んだ。

「……あっ、あぁぁ……ッ！」

肉襞の間で泉の欲も解放されたのか、ぶるっと腰が震えた。けれど前みたいに、白濁が勢いよく飛び散ったりしない。

なぜかと思って下半身を確認すると、脚の間の肉棒が膜に覆われている。その先端には精液がたっぷりと溜まっていた。

そういえば、契約書できちんと避妊をするとあった。挿入なしであっても妊娠の危険はあるので、泉はコンドームを着用すると言っていた。最初のとき、それを怠ったことを何度も謝られた。そこまで思い出したところで、限界だった。

　達した余韻で、まだ中はひくついている。けれどもう体を支えられなくて、膝が崩れて脚が布団にぺたりと倒れた。涼乃の意識も、肉体の脱力に釣られるように遠のいて、闇に沈んでいった。


　ぱっと目が覚めた。とても深い眠りから意識が戻ったような感覚だった。明るいほうにごろんと横になると、障子があった。自宅とは違う景色に、昨晩、泉とホテルの離れに宿泊したのだと思い出す。

　外はまだ朝の早い時間なのだろう。明るいと言っても、薄ぼんやりとしていた。

　障子と涼乃が寝る布団との間には、もう一組の布団があった。シーツと布団カバーが外され、畳まれている。そこに泉の姿はなかった。

　起き上がって辺りを見回すと、障子とは反対側の畳の上で丸まって寝ていた。枕と毛布はあったが、浴衣を着ただけで畳にじかに横になっているので寒そうだし、体が痛そうだ。

どうしてそんな状態なのかと思ったら、涼乃は浴衣さえ着ていなかった。

「そっか……汚れちゃったんだ」

　シーツと布団カバーがないのもそのせいだろう。泉も着ていた服が汚れてしまったに違いない。涼乃の肌はさっぱりしていて不快感もなかった。きっと終わったあと、意識のない体を綺麗にしてくれたのだろう。

昨晩の激しい行為を思い出して、顔が熱くなる。

「んっ……涼乃さん？」

こちらの気配に気づいたのか、泉も起きてしまった。彼は目をこすりながら起き上がると、心配そうに涼乃をのぞき込んできた。

「体は大丈夫ですか？　無理をさせてしまって、すみません。痛いところとか、嫌だったこととか、怖かったことはありませんか？」

気持ちいいことばかりで、嫌も怖いもなかった。体はまだ重いけれど痛みはなく、心地よい倦怠感《けんたい》だ。気持ち的には、すっきりしている。

「大丈夫で……すっ、こほっ、げほっ……ッ」

ううんと首を振り言葉を発すると、喉が渇いていたみたいで咳き込んだ。慌ててすり寄ってきた泉が、「失礼します」と言って背中を撫でてくれる。

「すみません、気づかなくて。すぐに水をとってきますね」

泉はすっと厳しい表情になって立ち上がると、隣の部屋の冷蔵庫から冷えた水のペットボトルを持ってきた。蓋を開けてから手渡される。一口飲むと、喉がカラカラだったようで、一気に半分ほど飲み干した。

「落ち着きましたか？　あと、これを。体が冷えていたので、替えの浴衣です。涼乃さんが寝ている間にホテルの人に持ってきてもらったのですが、着せるのは難しかったので」

ノリがきちんときいた新しい浴衣と帯を膝に置かれる。あの汚れた浴衣をホテルの人に渡したのだろうか。

絶対に、なにをしたかバレる。恋人同士だと思われているだろうし、ホテル側はなんとも思わないかもしれないが、恥ずかしい。

「あっ、大丈夫ですよ。浴衣は軽く洗って、水をこぼしてしまったとホテル側には伝えてます。そちらのシーツ類のほうは汚れたところだけ風呂場で洗って、干してます。乾燥しているので、もう乾いていると思います。さすがにシーツ類まで渡すと、いろいろ気まずいですからね」

苦笑して頭をかく泉に、ほっと胸を撫で下ろす。細かいことによく気づき、配慮してくれて有難い。

泉は行為の最中はドSっぽいけれど、事が終わると尽くし系に変わるようだ。そのギャップが、なぜか胸にくすぐったくて、涼乃は小さく笑った。

新しい浴衣に着替え、心配事もないとわかると眠たくなってきた。ふわっと欠伸をして、泉を見上げた。彼はまた、畳で寝るのだろうか。

「泉さん……一緒に寝ませんか？」

彼が横になれるスペースを空け、布団をめくる。室内は空調がきいていて寒くはないけれど、じかに畳に寝そべるのは冷える。

幸いホテルの布団はサイズが大きく、二人でも寝られる。くっついていれば温かいし、それに泉と一緒に寝てみたいと思った。

「えっ……ちょ、ちょっと待ってください！　まずいです！」

「なにがまずいんですか？　もっとすごいこと、いっぱいしてますよね？」

顔を赤らめる泉がなにを言いたいかは、なんとなく察した。だが、今さらだろう。

「いいから、こちらにきてください。そこで寝て風邪をひいたらどうするんですか。原稿落としたら、私のせいになるじゃないですか」

「いえ、でも……」

「じゃあ、私が畳で寝るので、泉さんがこっちを使ってください」

「いいえ、それはできませんっ！　絶対に！」

そんな押し問答を何度か続けたあと、涼乃が「一緒に寝たいです」とむくれて言ったら、泉はなぜか真っ赤になって崩れ落ち、了承してくれた。

「うっ……拷問です」

「一緒に寝るだけですよ？　なにが苦痛なんですか？」

こちらに背を向けて横になった泉の隣にすべり込み、欠伸をもらす。かなり眠くなってきた。隣の温もりに寄り添うと、心地良さからすぐにうつらうつらし始める。代わりに、泉はびくっと震えて体を硬くした。

「リラックスしてください。人と寝るのは苦手ですか？」

自分も他人と寝るのは初めてだけれど、泉にくっつくのは安心感があった。

背中から抱きつき、彼の腹あたりに手があたる。腹とは思えない硬いそれに、涼乃はぱっと手を引っ込めた。

「あ……ごめんなさい」

「だから、言ったでしょう……」

苦々しい声が聞こえた。申し訳ない。

あんなにしたのに元気だなと思ったが、主に涼乃が気持ちよくされていただけ。泉は一回しか達していない。できればお返しをしてあげたかった。

けれどもう瞼を開いていることができない。

「えっと……今日はもう眠いので、次のときに頑張りますねぇ……」

「へっ……？　頑張る？」

「……ほうし、します……おやす、みな……さい」

「はっ？　ほ、奉仕っ⁉」

泉が驚いて身じろぐが、もう返事をすることはできなかった。幸福な倦怠感と、安心する体温を感じて、涼乃は眠りに落ちた。

6

気怠い梅雨の朝。また手紙が涼乃のデスクに置かれていた。だいたい週二回のペースだ。相変わらず、泉に近づくなという内容。最近は、会社に告発すると脅迫じみてきた。

今日の手紙もそんな内容だ。

けれど会社に告発されたところで、痛くも痒《かゆ》くもない。涼乃も泉も大人だ。プライベートまで会社に管理される謂《いわ》れはない。泉もアイドルではないので、恋人を作ったところで人気に影響は出ないだろう。

涼乃はこっそり嘆息し、他のシュレッダーにかける書類に手紙を混ぜる。朝一ではないので、もう部屋に同僚がいる。手紙だけシュレッダーにかけていたら、不審に思われるだろう。

シュレッダーに書類を放り込みスイッチを入れる。目詰まりでも起こしたら面倒なので、終わるまでシュレッダーの前に立って待つ。視線を上げると、来月、自社から発売される画集のポスターが貼ってあった。

日本画の美しい女性が描かれていて、煽り文句に美人画の巨匠とある。

初めて見る絵だが、既視感があった。首をひねりながら名前を確認する。貴光《たかみつ》という雅号だが、知らなかった。

最近、亡くなった著名な画家らしい。そういえば新聞に訃報が載っていたかもしれない。亡くなると、それをきっかけに再評価の流れが起き、実力のある作家の作品は価値が上がるらしい。そんな話を、泉の担当編集の中園と雑談したときに聞いたことがある。

涼乃は中園に、この手紙のことを伝えるか迷っていた。伝えれば、泉との関係が知られてしまう。涼乃は別にかまわないが、泉はどうだろう。彼に確認をとってからにしようと思い、もうひと月近くたっていた。

現在、泉は原稿以外のことでとても忙しいらしく、ホテルの離れでプレイをしてから会えていない。たまにメッセージアプリなどで連絡をとってはいるが、どことなく疲れた文面だった。そんな彼に、よけいなトラブルの相談はしたくない。

唐突に、シュレッダーの音が止まる。見ればスイッチが切られていた。

「あの、佐田さん。ちょっといいですか？」

「はい、なんでしょう？」

声をかけてきたのは他部署の同期だ。ここ最近、彼女とは朝に何度か廊下ですれ違っている。

チラッと頭上を確認すると、今日も年収が微妙に上がっていた。彼女も副業をしているらしい。

話があると言われ、仕方がないのでまだ裁断されていなかった手紙だけ抜き取って、シュレッダーのスイッチを入れ直した。その手紙を見て、彼女はあからさまに安堵したように息を吐いた。

もしかして、手紙の主だろうか。

彼女に連れられ、休憩室に移動する。ちょうど利用者はいなかった。

「差し出口かもしれませんが、手紙をシュレッダーにかけるのやめてあげてください」

「え……どういうことですか？」

彼女の責めるような視線と口調に、涼乃は目を丸くする。手紙の主が彼女ならば、「やめてあげて」と言うのはおかしい。

「どういうって、毎回シュレッダーにかけるのを見てて、黙っていられなくなったんです。お母さんが可哀想です！」

「ちょっ、ちょっと待って。話が見えないんですけど？」

「見えないって……あの手紙は佐田さんのお母さんからですよね？　家に帰ってこない上に連絡のつかない娘に渡してほしいって、私が毎回手紙を預かっていたんですけど……」

なにかがおかしいと気づいたのか、彼女の語尾が段々と怪しくなる。

「帰ってこないって……私、実家暮らしです。その私の母って名乗ってる人、誰ですか？」

信じられないならと、裁断されなかった手紙を渡す。それを読んだ彼女の顔が、さあっと青ざめていく。

「あの、ごめんなさい……私、とんでもないことを」

彼女は声を震わせ、どういう経緯で手紙を預かったか話してくれた。

涼乃宛の手紙を渡してくるその女性。偽の母なので偽母とする。

偽母は、彼女の通勤路の途中にいつもいて、物陰から涼乃たちの会社をうかがっていたそうだ。そしてある日、声をかけられ総務課の佐田涼乃を知っているかと聞かれた。最初は不審に思って無視しようとしたが追いすがられ、佐田の母だと名乗られた。

あまりに必死な様子に、娘が家出をしてスマートフォンも着信拒否されているという話を彼女は信じた。手紙も、「あなたから直接渡すと、次から避けられるかもしれないから、そっと机に置いてきてもらえないかしら」と託されたそうだ。

なるほど。手紙を直接渡しにきていたら、中身を読んですぐに彼女を問い詰めただろう。彼女を騙してデスクに置かせることで、偽母の発覚を遅らせた。巧妙な手口だ。

「……それは、たしかに騙されるかもしれませんね」

ふと、小さくなっている彼女の頭上の数字に目をやる。そういえば彼女の数字が上がりだしたのと、この手紙が机に置かれるようになったのは同じ頃だ。

「もしかして、お金でももらってますか？」

まさかと思って聞いてみると、彼女はびくっと震え、あからさまに顔を青くした。

「ごっ、ごめんなさい！」

頭が床につくのではないかと思うほど腰を曲げた彼女が、奨学金の返済がきつくて、口止め料として金銭を受け取ってしまったと告白する。口止め料という時点でおかしいと思うのだが、彼女も生活が大変なのかもしれない。

真っ青になって汗をかいている姿を見ると、悪意はなかったのだろう。涼乃は大きな溜め息をついた。

「事情はわかったので、頭を上げてください。それより、その女性がどういう人物か教えてくれませんか?」

外見を聞いたけれど、心当たりはなかった。泉の関係者なら尚さらだろう。

手紙は週の初めにもらうことが多いというので、次の週、彼女が偽母とよく会う場所で待ち伏せすることになった。連絡先を交換し、その日は別れた。

翌週、少し早めに家を出て、会社の近くで彼女と落ち合い、建物に隠れて待ち伏せする。しばらくして、通勤の会社員に混じって、五十代ぐらいの女性が現れた。長い髪を綺麗に整えて、少し派手な感じの美人だ。メイクは濃いめで、若作りな印象だった。

なにより気になるのは、頭上の数字。かなりの額だ。この年収なら、一度見たら忘れない。

「知らない人ですね……誰だろう?」

正直、最近は頭上の数字で判別しているので、顔を見ても知っている人か自信がない。

「やっぱり騙されてたんですね。本当に申し訳ございませんでした」

恐縮する彼女に気にしないでと返し、先に行って手紙を受け取ってもらうことにする。

スマートフォンのカメラを立ち上げ、その様子を動画に収めた。

「すみません。お話を聞かせてもらいたいのですが」

カメラで撮影しながら、二人に近づき声をかける。こちらを振り返った女性が、涼乃を見て目を見開く。すぐに憎悪のこもった眼光でにらみつけてきた。なにか言いたそうに口を開いたが、カメラが回っていることに気づくと、渡した手紙を奪い返して逃げ出した。

同僚の彼女が女性の腕を摑むも、かなり強く振り払われ転倒する。

「大丈夫ですか！」

思わず駆け寄って抱き起こしている間に、女性はタクシーに乗り込んで去ってしまった。あっという間の出来事で、二人して道に座り込んで呆然とする。

通行人に「警察を呼ぼうか？」と声をかけられたが、そろそろ始業時間だったので断った。

「とりあえず、終業後に警察に行きたいのですが、一緒にきてくれますか？」

あの女性に騙され協力してしまった彼女としては、警察に行くのはしんどいかもしれない。けれど会社に向かいながら確認をとれば、強く頷き返してくれた。

「本当にご迷惑をおかけしました……こういうことは、ちゃんと通報したほうがいいですよね」

迂闊《うかつ》だが、責任感はあるようだ。少し震えながら微笑む彼女に、涼乃は「勇気がありますね。ありがとうございます」と笑顔で返した。

終業後、最寄りの警察署に行き被害を報告すると、自分たちだけで犯人に迫るような危険な真似はしないようにと渋い顔をされた。それから、こういう脅迫状の類はなるべく早く通報するようにと注意を受ける。

同僚の彼女も、金銭を受け取ったことで警察署員から厳しく諫《いさ》められた。本来なら共犯者になるところだが、涼乃が手紙をシュレッダーにかけていてほとんど証拠がないこと、知らないで脅迫状を届けていたことなどから、罪には問われないだろうとなった。脅迫は親告罪ではないので、涼乃が被害申告をしていなくても、警察署の判断で捜査されることもあるのだ。

危うく犯罪者になりかけた彼女は、泣きそうになっていた。手紙をシュレッダーにかけたことを注意されたが、彼女のためには証拠がなくなっていてよかった。金銭をもらって手紙を届けるなんて迂闊すぎるし、よくなかったとは思うが、彼女に恨みはない。社会的に追い詰めるようなことにならなくてほっとする。

とりあえず動画とシュレッダーにかけなかった手紙を提出し、また被害があったら即相談することを約束して警察署を後にした。

それにしても、あの女性はいったい誰なのだろう。警察に届け出てしまったので、泉にも連絡する必要がある。名前の出ている彼にも話を聞きたいと、警察署員にも言われている。

同僚と別れた帰り道。駅に向かいながら、泉に連絡しようとスマートフォンを取り出す。

ちょうどそのとき、彼からの連絡が入った。

ソファに腰かけ、泉が自宅でプリントアウトしたという読み切り掲載のマンガ原稿を見せてもらう。

「もし、修正してほしいところがあったら言ってください。まだぜんぜん間に合うので、直します」

「問題ないと思いますけど、まだ大丈夫なんですか？」

「ええ。ある程度、書き溜めてから掲載することになったんです」

向かいのソファに腰掛けた泉が、肩をすくめて頭をかく。その背後には、電車の車両が二台ある。

ここは駅ではなく、とある撮影スタジオだ。一般にも解放しているが、アダルトな撮影もOKな施設で、そっち系のセットが充実しているらしい。電車も実際に使われていた車両で、廃車になったものを買い取ったという。

アダルト系セットが充実しているからか、各ブースごとにシャワーや休憩室が完備されていて、中からしっかりと施錠できるようになっている。もちろん防音だ。

今日はここで、電車内の痴漢プレイをすることになっている。プレイ内容は事前に、PDFデータで送られてきていた。内容に問題点はなかったので了承の返事をして、今日は改めて内容の再確認をしてからプレイを開始することになっている。その擦り合わせが終わったところだった。

それとは別に、以前のプレイからマンガに起こした原稿を見せられていた。一見して涼乃とわからないように描かれてはいる。けれど、もしかしたら特定できてしまう特徴や、涼乃が嫌悪を感じる表現があるかもしれない。それらを修正、場合によってはすべて描き直すという。配慮が行き届いている。

嬉しさに口元が緩むのを隠すようにうつむき、渡されたマンガ原稿をめくった。おおむね聞いていた通りの展開で、ヒロインの元令嬢も目元が涼乃に似ているかもしれないが、髪型も性格もまったく違う。これを読んで、涼乃がモデルだと気づく者はいないだろう。

けれど泉は、涼乃だと思って描いているので、必要以上に似ていると感じるらしい。最後まで目を通して原稿を閉じると、彼がこちらを心配そうに見ていた。

「問題ありませんでした。これで大丈夫です」

「本当ですか？　不快な表現とかありませんでしたか？」

原稿を返しながら、首を振る。

「いいえ。とても面白くて、どきどきしました。あのときの私、こういうふうに見えていたんですね」

ヒロインが自分だと思うと恥ずかしさはある。けれど誰も知らないのだから、どういうこともない。

それより泉の目を通すと、こんなにエロティックな物語になるのかと驚いた。さすがプロだ。

「あっ、いや……あの、そういう目で見て描いてはいるんですが、現実でそういう扱いをしていいとは思ってませんので。すみませんっ」

顔を赤くした泉が、頭を下げる。言いたいことはなんとなくわかる。

仕事としてエロい目線で表現しているが、仕事と切り離したときに涼乃をそういう目で見たり、そういう扱いをするつもりはないと言いたいのだろう。これは逆も言える。泉が成人向けマンガを描いているからといって、性犯罪者のような目で見るのは失礼だ。本人の性癖はあるにしても、あくまで仕事として真剣に取り組んでいる。

「はい、わかってます。仕事ですよね。泉さんはプレイ中、とてもストイックだなと思います。その上、細やかな配慮もしてくれるので、安心して身を任せられます」

「そう言ってもらえると嬉しいです。本当にありがとうございます。この仕事ができるのは、涼乃さんのおかげです……知識はあっても経験が皆無だったので、描くのに自信がなかったんです。それもスランプのきっかけだったのかもしれません」

泉は、中園から提案された成人向けマンガの仕事を、最初はなんの気なしに引き受けたそうだ。基本、仕事は断らない作家で、成人向けの挿絵も多く描いていた。趣味で描くのも好きで、同人誌で成人向けのイラスト集も出している。マンガの仕事経験は少なかったが、健全な短編マンガやコミカライズをいくつか描いていて、評判も悪くない。

そのため成人向けマンガの仕事も、問題なくこなせると思っていたそうだ。だが、病気療養中に資料を漁ったりしているうちに、未経験の自分に描けるだろうかと一抹の不安がよぎった。
　作家なんて経験がなくても創作するものだが、性的なことに特に自信がなかった泉は、初めて仕事を断りたくなったそうだ。けれど一度は引き受けたこと。真摯にこなそうと決心した矢先に、スランプに陥ったという。

「原因はこれだけではないと思いますが、たくさんある理由の一つだとは思います。それが涼乃さんに再会したとたんに、イラストを描けるようになりました。でもまだ、マンガのネームを切ったりはできなかったんです。それが、あのプレイのあとからするすると描けるんです。イメージが簡単に形になっていく。とても楽しくて……すべて涼乃さんのおかげです」

　はにかむ泉に、こちらまで嬉しくなってしまう。彼の役に立てたならなによりだ。

「そういえば、涼乃さんも話があると言ってましたよね。なんでしょうか？」

「あ、それなんですけど……」

　話そうとして、ちょっと迷う。あの脅迫状のことだ。

　警察に届け出た直後に、泉から連絡があった。マンガの進行とプレイのことで、近々会いたいと言われたときに、自分も話があると返した。電話やメッセージアプリではなく、会って話すべきことだと思ったので、今日まで黙っていた。

　けれどプレイ前に話したら、お互いに気分が盛り下がりそうな気がする。特に泉のほうが涼乃より繊細だ。気にしてしまってプレイに集中できなかったら困る。

涼乃も彼とプレイをするのを楽しみにしていた。邪魔されたくない。

「えっと……終わってからにしませんか。ちょっと込み入った話なので、あとのほうが楽です」

「そうですか？　涼乃さんがそう言うなら……では、僕は電車内の準備をしてくるので、こちらに着替えていてください」

衣裳の入った紙袋を渡される。休憩室で着替えるように言われて移動した。一人きりなのでセットの前で着替えてもよかったが、泉が照れてしまって駄目だと言うので仕方ない。

休憩室はワンルームマンションの一室のようだった。ドアを開けてすぐ右手に簡易のキッチンがあり、お茶や軽食程度なら用意できるだろう。冷蔵庫もある。ミニキッチンの反対側のドアは、トイレとシャワーが一緒のユニットバスになっていた。ここで体を綺麗にしたりできるようだ。

六畳一間ぐらいの部屋は、片側の壁にライト付きの鏡と机が造り付けになっている。テレビで見る楽屋のようだ。それと姿見にハンガーラック、横になって寝られそうなソファがあった。

ソファに荷物を置いて紙袋を開くと、白いシャツに紺色のスーツの上下が入っていた。下は膝丈で、後ろに深めのスリットが入ったタイトスカートだ。性的な創作物に出てきそうなＯＬの衣装といった感じである。

他にはストッキングと上下セットの下着が入っている。汚れるから、これに着替えたほうがいいのだろう。下着は黒。インナーがないと白シャツに透けるので、現実なら絶対に下着だけでは着ない。

あとは小道具の鞄《かばん》を、紙袋とは別に渡されていた。靴は、履きなれたものがいいからと、涼乃が自宅から持ってきた。五センチヒールの黒いパンプスだ。汚れたら、泉が弁償してくれることになっている。

着てみると下着やスーツのサイズはぴったりだった。前にサイズを教えたからだろう。けれどシャツのほうは胸元がぴちぴちだ。既製品なら仕方ない。涼乃は普段、胸のサイズが大きめのセミオーダーシャツを着ている。

ボタンを一番上まで留めると、弾け飛んでしまいそうなのでやめる。第三ボタンまで外すと、ゆとりができた。

「……これじゃ、エロいOLだ。でも、設定上はそれでいいのかな?」

見せてもらったマンガの大まかな設定とネームでは、金曜の終電ラッシュに巻き込まれたOLが、車内で痴漢に最後までされてしまうという内容だった。OLは会社の飲み会帰りに、彼氏の浮気現場を見てしまう。そのショックと酔っていたせいもあり、いつもなら抵抗する痴漢を受け入れる。付き合いの長い彼氏とは、最近セックスレス気味だったのもあり、快楽に負けてしまうという展開だ。

前回に比べると設定に複雑さはなく、よくある痴漢ものだと思う。けれど痴漢がやりたい放題するというより、ＯＬの快楽を優先するような話の進み方で、じらしたり、欲しいかと確認をとっているので、和姦っぽい仕上がりになっている。ＯＬも性的に満足していて、読後感も悪くなかった。

泉の美麗な絵でこの内容なら、女性受けもよさそうだ。編集の中園はそのへんも狙っているのかもしれない。前回も凌辱物だけれど、絶望感ばかり与える内容ではなかったし、しっかりと元令嬢を快楽堕ちさせている。暴力や痛い表現もない。最後には利用されているとはいえ、好きな男と結ばれていた。こういう展開を好む女性もいる。

それにモブの顔出しがなく、凌辱中は目隠しのまま話が進むので、ずっと相手をしていたのは元使用人だったと読むこともできるし、元令嬢の妄想か夢落ちと読むこともできる。

絶妙な塩梅で仕上がっている成人向けマンガだった。きっと涼乃の妹あたりが大喜びするだろう。まだ教えられないのが残念だが、掲載が開始しても自分がモデルになっていると思うと、妹とは話題にしにくい。

この間の元令嬢に比べると、ＯＬキャラは涼乃と被っている。似たようなデザインのスーツも着たことがあるので、これがマンガになったらよけいに恥ずかしくて妹には薦められないだろう。ただ、モデルが涼乃だとは、言われないと気づかない仕上がりになるはずだ。

「とりあえず……酔ってるなら、ボタンをこれくらい外してても不自然じゃないかな。あとは、やっぱりこれも飲んでおこ」

ここにくる途中、コンビニで買っておいた缶チューハイをバッグから取り出す。お酒に弱い涼乃でも飲める、度数低めの口当たりがいいタイプだ。

泉の企画書に、お酒を飲んでほしいとは書いていなかった。けれど酔っぱらった演技をできる自信がない。前回は目隠しがあったおかげで役になりきりやすかったので、今回はお酒の力を借りたかった。

やっぱり始まる前は少し恥ずかしくて緊張する。飲んでほろ酔いになれば、もっとプレイを楽しめる気がした。

缶を開け、ごくごくと半分ぐらい飲む。すぐに体が熱くなってきて、息も上がる。酔いすぎると呂律が回らなくなるので、これでやめておく。

鞄と、飲みかけの缶チューハイを持ってスタジオに戻ると、準備が終わったらしい泉が、電車の前で待っていた。

「涼乃さん……って、飲んでるんですか?」

「はい。少し酔ってたほうが、プレイしやすい気がして」

ふふっと笑って見上げると、泉は頬を染め視線を泳がせた。

「そ、そうですね……雰囲気がでていいと思いますが、大丈夫ですか?　この電車のセット、揺らすことができるんです。気持ち悪くなったりはしませんか?」

「動くんですか。すごいですねぇ。この程度なら気持ち悪くなったりはしません。寝たりもしないから大丈夫ですよぉ」

語尾が少し間延びしてきたが、涼乃の酔い方はずっとにこにこして喋り方が遅くなるぐらいだ。記憶をなくすほど飲んだこともない。

「ならいいんですが、もし途中で具合が悪くなったら言ってください。中断します。こちらの判断で、まずいなと思った場合もやめますね。あと危ないので、この缶はこちらで預かります」

相変わらず、泉は気を配ってくれる。こくんと頷き返して、飲みかけの缶チューハイを彼に渡した。缶を休憩スペースのテーブルに置いてくると、泉は涼乃の手をとってエスコートするように電車内へ案内した。酔っていて、足元もおぼつかないと思われているのかもしれない。

「車内はこんな感じです。問題なければ、そこのドアの前に立ってください。少しスケッチします」

泉はそう言うと、座席に腰掛けてスケッチを始めた。涼乃は暇なので車内を見回した。廃車を買い取っただけあって、中は少し古いがリアルだった。本来はふわふわした生地の椅子は、合皮に張り替えられていた。汚れたときに掃除がしやすいからだろう。

他に、本物の電車との大きな違いはなく、雰囲気を出すためなのかマネキンが数体、座ったり、立ったまま固定されたりしている。スタジオで借りられるらしい。

いくつかポーズをとらされたあと、スケッチの終わった泉が席を立つ。

「じゃあ外の準備をしてきます。電車が揺れ始めるので、転ばないように気をつけてください」

泉が出ていくと、外の電気がすべて消えた。真っ暗で外がなにも見えなくなり、夜の雰囲気が一気に増した。駅構内の放送があり、発車のメロディが流れる。実在しない駅名とメロディだが、なかなかこっている。電車もゆっくりと揺れ始めた。

最初、この企画書がきたとき、本物の電車内でするのかと困惑した。すぐにスタジオを借りてと書いてあって、自分の勘違いに恥ずかしくなった。きちんとしている泉が、違法なことをするわけがない。

ただ、こんなにリアルなセットがあるスタジオを借りるとは思っていなかった。電車のあるラブホテルは知っていたので、そういう感じかと思っていた。

セットの電車は強弱をつけながら揺れ、流れる音は電車の走行音と人のざわめきだ。そのうち次の駅に到着したという放送があり、揺れがゆっくりとおさまっていく。こういうところまで本格的で、酔いも手伝って本当に電車に乗っている気分になってくる。

火照った体をさますように、冷たいドアと手すりに身をもたれさせていると、プシューという音がして反対側のドアが自動で開いた。

ちらりと振り返る。パーカーのフードを目深にかぶった泉が乗ってきた。彼は迷わずまっすぐに歩いてきて、涼乃の背後に立つ。ゆっくりと電車が動くと、どんっとドアに片手をついた。急に近くなった距離と、覆いかぶさるような圧迫感にどきりとした。

泉の背が高いのは知っていた。けれど、こうして後ろから囲うように迫られると、身長差に戸惑う。肩幅も意外に広くて、涼乃の体などすっぽりと隠されてしまう。視界も急に狭くなって、電車内が見えにくくなった。

視線を上げれば、真っ黒なドアガラスに泉が映り込んでいた。仕事のときの冷たい目が、こちらをじっと観察するように見つめている。

電車が大きく揺れる。泉がよろけるようにして涼乃に体を密着させ、ちゅっとうなじに口付けてきた。

「ひゃ……ンッ！」

「あまり大きな声を出すと、周囲に聞こえてしまいますよ」

高い声を漏らすと、耳元でそっと囁かれる。耳の裏にあたるその吐息にも声が出かかって、慌てて口を手で覆う。

実際は二人しかいないので、声が漏れても問題なかった。だが、作り込まれたセットと環境音、囲い込まれて遮断した視界のおかげで、没入感が半端ではない。酔っていて、意識がふわふわしているのも手伝って、本当に終電ラッシュに巻き込まれている感じがしてきた。

「んっ、んんッ……やぁ」

うつむいた涼乃のうなじを、舌がねっとりと這《は》う。背筋がぞくぞくして、すぐに腰が疼いた。その先の快感を知っているせいで、体が早くもとろけそうになる。

「第三ボタンまで外して、いやらしいですね。上からのぞくと、下着がよく見えます」

耳朶《みみたぶ》をぬちゅっと舐められる。大きな手がジャケットのボタンを外して胸元にすべり込み、シャツの上から乳房を揉みしだき始めた。

「……んぁ、あっ……あぁ、やぁんッ」

声が跳ねたが、電車の走行音にかき消される。手はさらに動きを大胆にし、シャツのボタンも数個ほど外して胸元を大きく開けた。黒い下着に包まれた乳房が、揺れながら零れ落ちた。

「いやらしい下着ですね。もしかして、こうやって痴漢されるのを待ってました？」

ネームにあった台詞だ。ＯＬは、飲み会のあとに彼氏の家へ内緒で訪問する予定だった。そこで彼氏に久しぶりに迫ろうと計画して、エロい下着を着用していたという設定だ。

用意されていた黒い下着の上下は、レースをふんだんに使ったハーフカップのブラジャーと、総レースのＴバックショーツ。ハーフカップは、少し下に引くだけで乳首がこぼれるだろう。

「ずっと見てました。朝も夜も……いつもは抵抗するのに、今夜は酔ってるから隙だらけですね」

痴漢は通勤ラッシュ時に、何度かＯＬに触れて手を叩き落とされていた。彼女だけを狙った痴漢で、ストーカーだった。そのことを知り、彼氏の浮気で弱っていた彼女はますます抵抗する気をなくす。痴漢でストーカーだとしても、自分だけをずっと見つめてくれていた彼に絆《ほだ》されてしまうのだ。

「はぁ……いい匂い……」

背後から抱きしめるようにして、髪に鼻先を埋められる。前に回った腕が腰を抱き寄せ、ごりっと硬くなったモノが尻にあたった。揺れに合わせて、腰をぐりぐりと押しつけられ、乳房をもみくちゃにされる。すぐにブラジャーがずれ、ふるんっと乳房が露わになった。

「あっ、やぁ！　だめッ」

硬くなり始めていた胸の尖端を摘まれ、乾いた指の間でごりごりとしごかれる。親指の腹で先をこすられると、子宮の奥がきゅうっと疼いた。

「ひゃぁ……らめっ、ああ……きゃんッ」

がくんっと電車が揺れ、ドアに手をつく。まるで人波に押されたように、泉の体とドアの間で押し潰される。乳房もドアガラスに押しつけられた。

「んっ……冷た……ッ」

愛撫で硬く熱くなった乳首が、ガラスの冷たさに震える。離れたいのにドアに押しつけられたまま電車がガタガタと揺れ、乳房もその動きでガラスにこすられる。押し潰された乳首が、じんじんと疼く。

「やぁッ……こん、な……ッ」

「外から見えるかもしれませんね」

「んっ、いやぁ……ンッ！」

そうだ。これが本当の電車なら、外から丸見えだ。想像すると恥ずかしいのに、脚の間がじんっと疼いて濡れてくる。息が上がって、膝が震えた。

「恥ずかしいのに、感じてるんですか？　本当はこういう場所でされるのが好きなんですね」

胸を揉みしだいていた手が腰を撫で下ろし、スカートに包まれた臀部を揉むように触ってくる。布越しの感触がもどかしくて腰をよじると、くすりと耳元で笑われる。

「いつも抵抗していたのは、なんだったんですか？」

「それ、はっ…ひゃあッ、ンッ」

ネームの台詞を思い出して口にしようとしたが、スカートをたくし上げられる。後ろのスリットから侵入した手に、体がびくんと跳ね、なにも考えられなくなった。

節くれだった大きな手が、ストッキングの上から尻をやわやわと揉み、脚の間にすべり込む。くちゅっと濡れた音が漏れた。

「もう濡れてるんですね。嬉しい」

喜色のにじんだ声がして、指が脚の間をぬちぬちと音をさせて出入りする。ストッキングとショーツ越しにこすられた襞が痙攣して、あっという間に蜜まみれになった。

酔っているせいもあるのか、いつもより快感にのまれるのが早い気がする。ドアに手をつき、いいように翻弄される。

前に回ってきた手が、ストッキングの真ん中の縫い目をぐぐっと押す。食い込んだ陰核がこすれて、甘く痺れた。

「はっあぁ……それ、だめぇ……ッ」

説得力のない喘ぎ声が漏れ、腰ががくがくと震える。気持ちよくて、もっとこすられたくて、無意識に腰をくねらせれば、冷えたドアガラスに乳房の先が触れる。ひやりとした快感が腹へと駆け抜けた。

「それにしても、これ邪魔ですね」

「あっ、まって……ひんッ！」

ビッ、と音がしてストッキングが裂ける。前から後ろへ縦に穴が開くように破られ、尻のほうもビリビリと裂かれていく。破れたストッキングが陰部と尻肉に食い込んで、痛いのに気持ちいい。入り口が疼いて蜜が滴る。

「下もエロい下着ですね。こんなの、後ろから入れてほしいって誘ってるようなものじゃないですか」

防御力のないレースと紐だけの下着がずらされ、後ろから侵入してきた指が潤んだ蜜口にぬぷっと爪先を沈める。それだけで中がぎゅうっと縮み、入り口は指を締め付けた。指が、カリカリと引っかくように浅いところに爪を立てる。もどかしいのにすごく気持ちがよくて、腰がぞくぞくする。

「あっ、アァァ……ッ、もっと……ひっアァッ……ひぐっ！」

電車が大きく揺れた。その反動で指がぐんっと一気に挿入される。びくびくっと内壁が痙攣して異物をのみ込む。指の形がわかるほど締め付ける。

「すごっ……中がエロい動き方してますね。そんなにいいですか？」

「ひっんっ、んっ……いいっ……あ、あぁんっ」

「じゃあ、もっとしてあげます」

締め付けに逆らうように、ずずっと引き抜かれた指が勢いよく突き立てられる。

「あひっ……！　ひっあぁッ……らめぇッ」

一気に指の本数が増えていた。まだ緩みきっていない蜜口が、引きつる。

「やぁッ、あぁぁ……ひぐ……ッ、やっ、キツ……いっ、あぁぁ……」

ずちゅっと指が引き抜かれ、また一気に押し込まれる。蜜口と内壁を乱暴にこすられ、体が開かれていく。抽挿が速くなり、ぬちゅぬちゅという音が二人の間だけでする。声は走行音がかき消していく。

蜜口はすぐにとろけ、膝ががくがくとしてドア横の手すりにすがりついた。

「そろそろ、いいですよね。ここ……すごく物欲しそうにひくついてる」

指がずるっと抜け、蜜が内腿を伝う。背後でベルトが緩む音がして、少しだけ現実に戻された。

今まで聞こえなくなっていた電車の放送が耳に入る。駅に停車して、背後のドアが開閉する音が聞こえた。スタジオなのに、本当に電車内のような気がしてきて、体が熱くなる。

恥ずかしさと背徳感で逃げそうになる腰を、ぐっと掴まれ硬いモノを膣口にあてがわれる。

「はっ、はぁ……らめ、こんなとこ、で……ッ」

電車の発車メロディが流れると同時に、異物がぐんっと押し入ってくる。濡れそぼった入り口は異物を拒めない。

「ん、あっあぁ……アァッ！」

ぐっちゅんっと濡れた音をたてて、深くまで貫かれる。発車の揺れも手伝って、奥をごつごつと角度を変えて突かれ、膝が甘く震える。

「全部、入りましたね」

はあはあ、と荒い息が耳朶にあたる。中に入った異物とは別に、泉の硬い陰茎が濡れた襞の間でずちゅりと動いた。

「じゃあ、動かしますね」

「やっ、まって……ひぁっ、あん……ンンッ。らめっ、それ……やっ、ンッ！」

ブウンッと音がして、中のモノが振動する。前に涼乃が選んだバイブだった。泉が興奮して自身を挿入しないように、栓をされたのだ。

太腿を摑まれ、閉じた脚の間を陰茎がぬちゅぬちゅとすべり、肉芽を突き上げる。内壁のうねりで落ちてくる栓は、腰を突かれるたびに中へ押し返され、とんとんと奥を突いてくる。

「あ……ひぁッ、ンッ……あぁッ、いやぁ……ンッ、ンッ！　奥、そんな……しちゃ、だめぇッ」

細めのバイブの尖端は丸くなっているが、太いものに比べると尖っている。その先っぽが、ぐいぐいと子宮口に入ってくる。振動も加わって、頭がおかしくなってしまいそうだった。

振動と合わせるように、泉の抽挿も速くなる。涼乃の太腿と肉襞でこすられた欲が、どくどくと脈打って太くなるのがわかる。ひときわ強く突き上げられ、陰茎が脚の間から抜けかけたあと、バイブの振動が一気に強くなった。

「うぁ、んっ……ぐっ、あっああぁ……ッ、らめ、つよく……しないで、ひぁッ……アァッ！」

びくんっと体が大きく跳ねて、のけぞる。刺激が強すぎて、膝から崩れそうになるのを後ろから支えられ、うつ伏せになったときのようにドアへ押しつけられる。

完全に泉の体とドアに挟まれる形になり、もう身動きも逃げることもできない。乳房は押し潰され、電車の揺れに愛撫される。そのまま何度も突き上げられ、敏感な場所を執拗にかき乱す陰茎と、押し込まれたバイブのせいで、蜜があふれて床を汚す。

「あぅ、んッ……ああぁ……ッ！　もっ……ら、め……えぇ……ッ」

ひくんっと子宮の奥が跳ねる。限界が近い。

泉の息も上がっていて、苦しげに耳元で呻く。ずちゅずちゅと濡れた音が速くなり、バイブも奥へと押し込まれる。何度目かにぐんっと荒々しく腰を突かれ、バイブの震える尖端が子宮口をえぐった。

「ひぐッ……アアァ……ッ！」

「んっ、ぐ……ッ！」

電車の揺れも手伝って、潰されされるかと思うほど泉が密着してくる。硬い尖端がぐりっと肉芽を押し潰す。バイブの先も奥の口にはまって、ブウンッと大きく震えた。

「うっ、あぁ……ッ！」

びくびくっと背筋が跳ね、快感に貫かれる。押し上げられ、熱が弾けて失墜する。目の
前がチカチカして、体がどっと重くなった。

背後では泉も腰を震えさせ、大きく息を吐く。何度か陰茎を濡れた襞でしごくような動
きをして、涼乃の脚の間からずるんっと引き抜いた。

「はっ、はぁ……涼乃さん、大丈夫ですか？」

酔いが抜けるどころか、完全に回ってしまったようで、脚に力が入らない。倒れそうな
体を泉に支えられて、床にぺたんと座り込む。上半身を預けたドアが冷たくて気持ちいい。

けれど濡れた床は少し気持ち悪かった。

背後で、泉がコンドームを処理し、身支度を整えている気配がする。

「涼乃さん、その姿をスケッチしてもいいですか。とてもエロくて、創作意欲がわきます。

でも、嫌なら断ってください」

こんなときでも、きちんと意思を確認してくれる泉に、「どうぞ」と舌足らずに返す。そ
のまま涼乃は目を閉じて、少しの間、意識を飛ばしていたらしい。

はっと目を覚ますと、電車の座席に寝かされていた。下半身は綺麗にされ、毛布がかけられている。起き上がると、泉はドア付近の清掃をしている最中だった。清掃業者も入るが、原状回復するのが規約らしい。

「私もお手伝いを……」

「いいえ、僕が全部やるので休んでいてください。体も綺麗にしたいでしょう。シャワーでも浴びてきてください。バスタオルの用意もあるので、出しますね」

さっと立ち上がった泉が、バスタオルやフェイスタオル、使い切りのボディソープにシャンプーやコンディショナーまで持って、戻ってきた。クレンジングもあった。

そのお風呂セット一式が入ったエコバッグを受け取る。用意がよくて、ぽかんとする。

「あ……そうだ。あとで話すと言った件なんですけど……」

ふと思い出して、口にする。このままシャワーを浴びたら、気持ちよくなって眠くなり、また忘れてしまう気がしたので、先に話しておくことにした。

警察で何度も話をした内容をそのまま泉に伝えると、なぜか彼の顔色がみるみる悪くなった。

「あの、泉さん……？」

「大丈夫です。気にしないでください」

泉が取り繕うように、ぎこちなく微笑む。

「その女性に、心当たりがあります。僕が契約している弁護士と話し合って、相手に接触してもらうので、涼乃さんはもう関わらないでください。こちらでなんとかしますので、なにかあったら、絶対に一人で行動しないですぐに連絡してください」

「あ……はい。わかりました」

彼の強い口調に拒絶を感じて、それ以上はなにも聞けなかった。控室でシャワーを浴びてくると席を立ち、電車を降りる。そっと振り返って見た泉の背中が、小さく震えていた。

7

女の手が頬をねっとりと撫でる。子供の頃は、この手が大好きだった。彼女を喜ばせるためなら、なんでもできると思っていた。

いつからだろう。その手の体温に、湿り気に、惜しむように指先が離れていく感触に、不快感を抱くようになったのは。その手が求めているものが、息子からの愛ではないと理解したのは。

『あなたはいい子だわ』

彼女の言う「いい子」が、「都合のいい子」だと薄々気づいていた。それでも自分はあなたの子供だから、愛されているはずだと言い聞かせてきた。

その愛が、自分の思う愛とかけ離れているなんて、想像すらできていなかった。あの不快感がどこからくるものか、ずっと目をそむけてきたからだ。

母と同じ顔の女が、頬を撫で下ろす。いつもならそれで離れていくはずの手が、首筋をたどりうなじに回る。なぜかわからなくて女を見つめていると、顔がゆっくりと近づき、重なる寸前で父の名を呼んだ。

その瞬間に、すべてを理解した。

自分は誰にも愛されていなかったのだと……。


「ひぃ……ッ！」

悪夢に飛び起きる。ぐっしょりと全身に汗をかいていた。額から、ぬるりと流れてきた汗が気持ち悪い。

あのあと泉は母を突き飛ばして家を出て、そのまま帰らなかった。もう十年も前のことだ。泉はまだ十九歳で美大生だった。美大には裕福な家庭の子が多く、そういう友達の家を点々とさせてもらいながら、今の仕事を始めた。居候させてくれた友達の親からの依頼もあった。おかげで初手からコネにもお金にも困らず、仕事が軌道に乗って今がある。

恵まれていると思う。仕事に関しては、スランプになるまで悩んだことはなかった。その代わり、実家の問題は常につきまとっていた。この間、その問題にやっと区切りがつくと思っていたのに、涼乃の話で目の前が真っ暗になった。

最近は、悪夢も見なくなっていたのに、あの女はどこまでもつきまとう。

ブッ……と振動音がして、スマートフォンが着信音を奏でる。まだ早朝だ。画面には担当編集の中園の名前。嫌な予感しかしなかった。

編集部につくと、上階の応接室に通された。いつもなら編集部の隣にある部屋なのに、明らかにいつもと違う対応に胃が重くなってきた。人目を避けて話し合いをしたいということだろう。

入室すると、すでに中園と編集長が揃っていた。最低限の人数なことにほっとする。

「この度は、大変申し訳ございませんでした。身内のことで出版社さんにまでご迷惑をおかけして」

挨拶がすんですぐに頭を下げる。仕事と関係なく呼び出されたのは、泉に関する脅迫めいたメールが編集部宛に届いたからだった。涼乃を脅迫するのを諦めて、直接、出版社へ抗議することにしたらしい。

内容は、出版社勤務の女性が泉をたぶらかしているというものだった。添付写真には、涼乃が泉のマンションに入るところや、ホテルから出てくるところ。直近では、二人で撮影スタジオを出入りするところが写っていたらしい。

弁護士には、涼乃からの話があってすぐに連絡した。今日、泉の母と面会し注意する予定だったが、一歩遅かったようだ。

「イズミさん、頭を上げてください。あなたの責任ではありませんから」

編集長の穏やかな声に顔を上げる。困っているふうではなく、心から気にしていない様子にほっとする。中園もいつものように飄々《ひょうひょう》としている。

「こういう、おかしなメールや脅迫まがいはたまにあることなので。それより作家さんに危険があるといけないから、一応、確認というか話し合いをしたいだけです」

「前にイズミさんが少し話してくれたお母さんが、このメールの犯人ってことでしょうか？」

中園には、打ち合せの雑談で面倒な身内がいることは話していた。

「はい……恐らく母だと思います。今日、弁護士が会いにいっています」

「ああ、弁護士さんがいるんですね。じゃあ、大丈夫かな？」

編集長が中園を見て、あとは任せたというように目配せをする。

「その弁護士さんは、昔から対応してもらっている方ですか？」

「ええ。お恥ずかしながら、母のこういう行為は初めてではなくて。仕事で経済的に余裕ができてからは、間に入ってもらうようにしました。それで落ち着いていたんですが……」

「もしかして、最近、お父様が亡くなったせい？」

「……それも、あると思います」

中園との付き合いは長い。本名も知っているので、勘がよく人脈の広い彼は、泉の父が誰か知っていた。

「先日、遺産相続の件で顔を合わせましたが、弁護士もいたので話は特にしていません。相続は問題なく手続きがすんだのですが……母は、父に似ている僕に執着していたので、このメールはそのせいでしょう」

これまで収入がなかった母は、亡くなった祖父の遺産と介護をしている祖母の年金で暮らしてきた。過去に何度か生活が苦しいと、金の無心をされたこともあった。

泉はすでに充分な収入と貯蓄がある。実家と関わり合いにもなりたくなかったので、遺留分は父の生前に放棄手続きをし、亡くなってからは相続放棄もした。母は父の遺産相続で、それなりの資産を手に入れたはずだ。

母に経済的な苦労がなければ、距離をとれると思っていた。だが、現実はそう甘くなく、頭が痛い。

「とりあえず今朝、弁護士にメールの件を伝えました。今日の話し合いの結果がでたら中園さんに連絡します。多分もう、こういうメールは送ってこないでしょう」

「そうですか。なら大丈夫そうですね……」

コンコンとノックの音が響いて、涼乃が入ってきた。驚きに息が止まりそうになる。

「お茶をお持ちしました。それから、例のお話ですよね」

事前に根回しがされていたのか、お茶を出すために呼ばれたという体でやってきたのだろう。

茶器を並べ終えた涼乃はトレイを置いて、空いている泉の隣に腰掛けた。彼女がこちらを向き、状況を教えてくれる。

「えっと……メールの件、聞いています。そのときに脅迫状の件も話しておきました。この話し合いは、私に脅迫状を送ってきた女性とメールの犯人が同じかどうかの確認だと聞いています」

「そ、そうだったんですね……」

時間はあったのだから、事前に泉から連絡しておけばよかった。あせっていて気づかなかったのが恥ずかしい。

涼乃は嫌な思いをしていないだろうか。彼女をじっと見返すが、無表情で感情が読めない。

「それで佐田さん、脅迫状の犯人の動画があるって聞いたのですが」

「ああ、はい。持ってきました。実は、警察に提出したスマートフォン映像の他に、自宅の防犯カメラにも同じ女性が映っていたんです」

スマートフォンに転送したという動画を、涼乃が再生して見せてくれた。全員で小さな画面に群がる。

両方の動画を観て、泉は血の気が引いた。やはり母だった。

「すみません。母です」

「そうですか……」

編集長が顎を撫でながら頷く。

「ところでこの動画は防犯カメラということですが、以前からご自宅に？」

「はい。以前、妹がストーカー被害にあったときに防犯カメラを設置しました。この怪しい女性は、休みで家にいた父が見つけて、声をかけたら逃げていったそうです」

「たしか佐田さんの妹さんはマンガ家さんでしたね。ストーカーはそれ関係ですか？」

中園の質問に涼乃が頷く。警察にも相談して、今はもう解決したそうだが、念のためにずっと設置したままだという。

「実は……あとから思い出したのですが。この女性、前に会社の前にいたことがあるんです。そのときの様子というか……見た目がだいぶ違ってたのでわからなくて、すぐに気づけませんでした」

母は、泉が松書房と懇意にしていることを知っている。出版社の前で張っていれば、なにかしら情報が手に入ると踏んだからだ。見た目が違うのは、すぐに使える現金が手に入り、生活が派手になったからだろう。

「涼乃さん、申し訳ございませんでした！」

頭を下げる。膝の上の手が震えていた。もしかしたら、母が彼女に危害を加える可能性もあった。想像するだけで恐ろしい。

「あの、大丈夫です……なにもなかったので。泉さん、頭を上げてください」

「いいえ、なにかあってからでは遅いんです。涼乃さんの安全のためにも、ボディガードを雇わせてください」

「大げさではないですか？」

「そんなことないです。なにかあってからでは、遅いんです」

今の母は、お金に困っていない。人を雇って、なにかすることもできる。こんなことなら、相続放棄をしなければよかった。

「ええっと、そのへんのことはこのあと二人で話し合ってくれないかな。会社としても、佐田さんに危険がないよう気をつけるし、警備員にも話は通してありますので。少なくとも、社内では安全にすごせると思います」

押し問答になりそうな会話を、編集長がぶった切った。たしかに二人で話し合う内容だ。

「ところで確認をとりたいのですが……メールの件ですけど、合意の上での行為で間違いないかな？」

編集長がうかがうように、視線を泉と涼乃の間でうろうろさせた。どうやら、これが本題のようだ。

合意でない場合、どちらかが強要したことになり、外部に漏れたら松書房を巻き込んでの問題になる。昨今は、こういったコンプライアンスやハラスメントに世間がうるさい。なるべく騒動の芽は摘んでおきたいのだろう。

「はい。合意なので問題ありませんね」

涼乃がさらっと即答する。恥ずかしがったり嫌悪を示す様子がないことに編集長の肩から、ふうっと力が抜ける。場合によっては、セクハラだと編集長が責められる可能性のある質問だ。

「えっと……イズミさんは？」

中園から水を向けられ、慌てて「合意です」と応える。涼乃と違って、恥ずかしさに頬が熱くなった。

契約書をきちんと交わしているのだから、合意で間違いはない。

「ああ、それならよかった。二人とも大人だからね。合意なら、こちらから言うことはなにもないです」

少し気まずそうに、編集長が咳払いをして話を締める。ほっと息を吐きかけたところで、中園がにやりとして口を開いた。

「それにしても、いつから付き合うように？　前に編集部で顔を合わせたときは、久しぶりに再会したばかりで、佐田さんはイズミさんのこと憶えていませんでしたよね？」

中園としては、好奇心と場を和ませるつもりで聞いてきたのだろう。だが、付き合っているのとは違うので、返答に詰まる。

「いえ……その、そういうのでは……」

ごにょごにょと誤魔化しながら、湯呑を手にとる。お茶を飲むことで、話を終わらせられないだろうか。

「いいえ、まだ付き合ってはいません……なので、セフレでしょうか？」

涼乃がさらっと応える。泉はぶふっ、とお茶を吹いてむせた。すかさず、「大丈夫ですか」と涼乃にハンカチを差し出され、情けない気持ちでいっぱいになった。

彼女にこんなことを言わせてしまうなんて。自分が言いよどんでいたせいだ。嘘でも、付き合っていると言えばよかった。

これからどうフォローすればいいかわからず顔を上げれば、編集長も中園もぽかんとしている。

「……今時の若い子って、みんなそうなの？　もしかして、俺にもワンチャンある？」

　五十代の編集長がうっかり本音をこぼす。そもそも泉も涼乃も、若いという歳ではない。

「二十歳以上も年上の編集長と、私と同い年で弊社の稼ぎ頭の泉さんが同等だとでもお思いですか？」

　涼乃の冷ややかな声が応接室に響く。編集長がはっとしたように苦笑いして、軽く頭を下げた。

「申し訳ない。今のはセクハラだった」

「いいえ、こちらこそセクハラで返したので、相殺ということにしましょう」

　そう言って、ふっと笑った涼乃が頼もしく見えた。機転をきかせて、彼女を守れない自分が恥ずかしい。すぐに自戒する編集長だからよかったが、涼乃の立場を考えて泉が意見すべきだった。

　涼乃は何事もなかったような顔で、お茶を飲んでいる。姿勢がよくてキリっとしていて、プレイの最中にあんなに乱れているとは想像もできない。

　けれど泉のマンガのせいで、編集長はそういう想像をしたのかもしれない。それがあの発言に繋がったのなら、彼女をモデルにするのはまずいのではないか。二人だけの秘め事だと思っていたから、マンガに描き起こせたのだ。けれど今ここで、その話をするのは彼女をモデルにしたと言っているようなもの。

「あの……セフレだなんて思ってませんし、違います」

ともかくセフレという関係は否定したい。そういう関係を簡単に受け入れる女性だと、彼らに思われたくなかった。

「涼乃さんは、僕にとってミューズです。なくてはならない女性で……だから、軽んじるような言い方はしてほしくないし、周囲にそう思われるのも嫌です」

はっきりと言い切ると、部屋がしんっと静まり返っていた。編集長も中園も、作家を相手にしてるのでミューズの意味は知っているだろう。二人とも眉間に皺を寄せ、なにかに耐えるような不思議な表情をしている。震え声で小さく「若い……っ」と編集長から聞こえた。

涼乃には意味が通じただろうか。ふと、横へ視線をやる。湯呑《ゆのみ》を持ったまま、頬を染めていた。目が合うと、ぱっと顔を背けられてしまった。

「あ……涼乃さん？」

どうしよう。嫌だったのだろうか。重すぎると、気持ち悪がられたかもしれない。以前から、崇拝していると言っていたので大丈夫だと思ったのだが。

取り繕おうと、おろおろしていると中園が咳ばらいをした。

「そういう話は、二人だけのときにしてください。で、さっきの佐田さんの身辺についての話で、思いついたのですが。会社所有の別荘に、二人でしばらく身を隠すというのはどうでしょうか？」

「ああ、それいいかもしれませんね」

編集長が話に乗ってきて、泉と涼乃に説明してくれた。

保養所にしている別荘があり、近くに管理人が住んでいて、頼めば食べ物や日用品の準備をしてくれる施設だそうだ。最寄り駅周辺にはホテルや飲食店も多く、ショッピングモールもある。生活や食事には困らないらしい。

「別荘は海沿いにあるから港にも近く、周辺にも小さいですが食品や雑貨を扱うお店があります。まだ海開きをしていないので、海には入れませんけど、別荘内に小さいけれど海を見渡せる温水プールもあるんですよ」

「イズミさんの次回作、海辺が舞台ですよね。いい資料にもなる別荘だと思いませんか。どうでしょう？」

たしかに悪くない話かもしれない。母に見つからないように移動すれば身を隠せる。涼乃と一緒にいられれば気を揉まないですむし、セキュリティは万全な別荘だという。管理人も近くにいるなら、なにか異変があれば通報してくれるだろう。

「僕はいいと思いますが、涼乃さんはどうでしょう？　ずっと僕と二人きりというのも、息苦しいかもしれませんが」

「いいえ、それはぜんぜん大丈夫です。泉さんなら、いろいろ安心です。それより……」

涼乃が編集長と中園の方を向いて言った。

「それって有給ですか？」

結局、期間が長いので、涼乃は有給休暇ではなくリモート勤務になった。少し不満そうな彼女が可愛かった。特別に有給休暇を増やしてもらえるのではないかと、目論んでいたらしい。

だが、作家のお守りという名目になったので、実質、有給休暇のようなものだ。総務課の仕事は、週に二、三日だけリモートでするという。普段の涼乃の仕事は、泉の身の回りの世話ということになった。

けれど今、別荘のキッチンで朝食を作っているのは泉だった。昼近くになったが、涼乃はまだ寝ている。

卵焼きを作りながら、グリルで鮭《さけ》を焼く。涼乃が魚が好きだと言っていたので、和食にした。

別荘には昨日の夕方に到着して、東京からここまで車を運転してくれたのは涼乃だった。きっと疲れているのだろう。

当初は、新幹線と電車を使って行く予定だった。だが、移動中に泉の母、富山楓《かえで》に遭遇するかもしれない。二人一緒のところを見られ、変に逆上されて刃傷沙汰にでもなったら大変なので、車で移動してほしいと編集長から頼まれた。

泉は戸惑ったが、運転が好きだという涼乃が別荘までの送迎を喜んで引き受けた。当日は、昼頃に彼女が車で迎えにきてくれた。

泉も車を持っているし運転はできるが、締め切り明けで寝不足だったのと、長距離のドライブに自信がなかった。もともと方向音痴で、カーナビがなければ目的地へ到着できない。長距離など不安しかない。

涼乃には後部座席で寝ていていいと言われ、それに甘えた。寝ている間に、何度かサービスエリアに到着していたらしく、涼乃は昼食と休憩をとっていたそうだ。別荘の最寄り駅に着いた頃、日はすっかり落ちていた。泉はやっと目が覚めて、近くのホテルのレストランに入った。

昨日は、涼乃の世話になりっぱなしの一日だった。朝食ぐらい作って当然だと泉は思ったし、それに昨晩、彼女は料理があまり得意ではないと言っていた。ずっと実家暮らしで、家事は手伝いぐらいしかしたことがないそうだ。だから泉の身の回りの世話をする自信がないと恐縮していたが、別荘周辺の取材や観光で遠出する場合はどこでも送迎してくれるという。仕事で使えそうなスポットも調べてきたと、ガイドブックなどに載っていない観光地をあれこれと教えてくれた。

正直、そちらの世話のほうが助かる。ぎりぎりまで仕事をしていたので、取材したい場所など調べていない。調べていたとしても、あまりマイナーなスポットは一人でたどり着けるか心配だった。涼乃はだいたい地図が頭に入っているので案内する、と頼もしい返事だった。

作家業は在宅なので、家の中のことならほとんどできる。仕事の合間に、気分転換に料理をするのも好きだ。その反面、普段から通勤をしていないせいで、公共交通機関の乗り換えなどが不得意だった。

家事は泉が引き受けるということになり、涼乃は「掃除は分担してやりましょう」と申し出てくれた。

まるで男女が逆転したような役割分担だが、女性だから家事をするというのもおかしな話だ。得意なものを、お互いに引き受ければいい。泉としても気が楽だった。

男なのにまともに車の運転もできず、地図も読めないのかと言われるのはきつい。運転に不安がある泉のことを、涼乃は一度も批判せず、むしろ嬉しそうに「じゃあ、私が運転しますね。私、運転大好きなので、相性がいいですね」と返してきた。

彼女といるとコンプレックスが軽くなる。できない自分を恥じないでいられる。

高校で涼乃に運命を感じたのは、好みの外見だったからだ。けれど今は、外見よりも彼女の中身に強く惹かれている。彼女といるとリラックスできるからか、創作意欲もネタもするするとわいてくる。

別荘に着いてから、締め切り明けだというのに、すでに仕事のラフを何本か仕上げた。マンガのネタも思い浮かんでメモをとった。あんなに動かなかった手が、驚くほどなめらかだ。

もう涼乃をモデルにしなくても、絵を描けるようになっていた。

味噌《みそ》汁の具に火が通ったので、ガスを切って味噌を溶き入れる。ちょうどご飯が炊き上がった音が炊飯器から聞こえた。

「おはようございます。いい匂いですね」

パジャマ姿の涼乃が、眠そうに目をこすりながらリビングにやってきた。

「ちょうど朝食ができたところです。食べますか？」

勝手に作ってしまったが、朝食を食べないタイプかもしれない。涼乃は、「ありがとうございます。食べます」と笑顔で返してくれた。

「なにか手伝えることはありますか？」

「では、ご飯をよそってください」

キッチンに入ってきた涼乃に手伝ってもらい、盛りつけたお皿をトレイに載せる。

「美味しそうですね。お腹が空いてきました」

ダイニングテーブルにトレイを運んだ涼乃のお腹が、ぐうっと小さく鳴った。思わず笑みがこぼれ、むず痒い幸せに胸が震える。

スランプを脱したと、まだ彼女に告げたくない。今のこの関係を手放したくなかった。

「いただきます」

朝食を一口食べた涼乃が口元をほころばせる。なにも言われなくても、美味しいと思っているのがわかる。

前みたいに絵が描けるようになったと知っても、彼女は泉の前から去ってはいかないだろう。契約があるからと、今のままでいてくれるかもしれない。

けれど関係性は確実に変わる。こうして一緒に食事をしたり、どこかへ出かけたりできなくなるかもしれない。それが怖い。

　プレイはできなくなってもかまわないと思えるのに、涼乃とすごす穏やかな時間や空気を失いたくなかった。

「今日は、廃校を利用した観光施設に行きたいんでしたっけ？」

「あっ、はい。挿絵に使う、古い学校の資料写真がほしくて」

「じゃあ、朝食のあとに行きましょう。たしか廃校の近くにレストランがあって、昔の給食メニューも食べられるそうですよ。ランチ……というか、早めの夕食になってしまいますが、そこにしません？」

　ちょうど今、食べている食事を見下ろして、涼乃がばつが悪そうに眉尻を下げる。時間的に、もう朝食とは言い難い。くっ、と泉は苦笑した。

「いいですね。楽しみです」

　こんなふうにリラックスして、誰かと会話しながら食事をするのは何年ぶりだろう。女性に限定すると初めてだ。

　最初の頃は緊張して舌を噛んだりしていたけれど、今はもう普通に話せる。涼乃が、頭ごなしに否定してきたりしないとわかっているから、会話が怖くなかった。

　やっぱり、まだしばらくはこの関係でいたい。もう少しだけ、絵が描けるようになったことは黙っておこう。

「ご馳走《ちそう》様でした。とても美味しかったです。片付けは私がしますね」

「出かける準備があるから、僕も手伝いますよ。一緒にしたほうが早く終わるでしょう」

「いいんですか？　じゃあ、甘えちゃいますね」

遠慮しない彼女に笑いつつ、キッチンに並んで食器を予洗いして食洗器へ入れたり、フライパンを洗ったりする。まるで新婚みたいだと思って、首を振る。

おこがましい。自分は男として弱くて、母にも愛されなかった。涼乃のような美しい女性に、選ばれるわけがない。それに彼女には、浮気者だが別れられない彼氏がいる。

はじめから泉は範疇《はんちゅう》外。涼乃にとってプレイは欲求不満の解消で、お互いに利害が一致しただけの関係だった。それを忘れてはいけない。

片付けが終わると、お互いに自室に戻って着替え、目的地の廃校へ向かった。

廃校は擬洋風建築の建物で、見学できるエリアの他に、予約すると撮影できるエリアがあった。撮影エリアは、ドラマや映画、コスプレイヤーの利用が多いそうだ。

「昨日、問い合わせたら予約できたんで、しておきました」

受付で手続きをすませた涼乃が、撮影エリアの許可証を持って戻ってきた。

「ありがとうございます。なにからなにまで……」

「一応、お世話が仕事で別荘についてきたので、これくらいはしないと。それに、閑散期だったからぎりぎりで予約できただけです。繁忙期だったら、無理でしたね」

肩をすくめて謙遜する涼乃に、そんなことはないと首を振る。泉一人だったら、撮影エリアがあることも知らずに終わっただろう。そもそも車がないと来れないこの場所に、たどり着けたか怪しい。

施設の管理人の案内で、撮影エリアへ移動する。終わったら鍵の返却をすればいいらしい。先に撮影してから、見学エリアを回ることになった。

「ここは普通の古い校舎って感じですね。でも、木造の感じが可愛い」

涼乃がミント色に塗られた窓枠を撫でながら、猫のような目をきょろきょろさせる。

撮影許可が出ているのは、机がたくさん並んだ教室と机のない空き教室。それと廊下だ。

「なにかあってもいいように、貴重な調度品は置いてないみたいですね。レトロな雰囲気で撮影したいなら、これで充分だけど……」

少し残念そうに涼乃がこぼす。

泉は撮影用のカメラで、必要なアングルの写真を撮っていく。その間、涼乃は隣の教室や廊下をのぞいたり、ぶらぶらしていた。

「すみません、物と人との対比を見たいので写真に写ってくれませんか。立った姿と、座った姿がほしいんですが」

写真なしで描くこともできるが、資料写真があれば作業が楽になる。

「いいですよ。こんな感じでいいですか？」

「ありがとうございます。あとで、暗くしてからも同じポーズで撮らせてください」

黒板や机の前に立つ涼乃を何枚か撮影する。座ったポーズの撮影も終わると、泉は教室の電気を消した。この教室は、北側に位置している上に、窓の外が雑木林になっている。

一気に薄暗くなった。

廊下の光が教室に入る写真もほしい。カーテンを閉めればかなり暗くなりそうなので、問題なく撮影できるだろう。

「涼乃さん、カーテンを閉めてもらえ……涼乃さん?」

物音がしない。不審に思って振り返った先で、机の前に立った涼乃が目を見開いて固まっている。慌てて駆けよれば、口を押さえ小刻みに震えていた。呼吸も浅い。

「大丈夫ですか。涼乃さん、なにが……」

「ひ……っ」

落ち着かせようと背中に触れたとたん、涼乃は息をのんで硬直した。顔が恐怖に歪み、身を引かれる。ぎくしゃくとした動きで、抵抗とも言えないような弱々しいものだったが、彼女が泉から逃げたがっているのに気づいた。

ハッとして、背中から手を離して距離をとる。わずかだが、涼乃の体から力が抜けた。こちらに怯えているのは、まだ同じだった。

「涼乃さん、僕です。泉ですが、わかりますか?」

穏やかに話しかけると、顔をこわばらせながらも頷き返してくれた。正気ではあるようだ。

「急に触れてしまって、すみませんでした。今、電気をつけてきますので、そこで待っていてください」

失敗した。以前なら、断りなしに涼乃に触れたりしなかった。ここ最近、気安い関係になっていたせいだろう。プレイ外で接触する場合は、許可を得なければいけない。それは、彼女以外が相手でも同じことだ。

教室の電気をつけて戻ると、涼乃が床にしゃがみ込んでいた。

「涼乃さん、なにか僕にできることはありますか？」

床に膝をつき、怖がらせないように話しかけると、細い腕がよろよろと伸びてきて泉のシャツの胸元を摑んだ。

「うけ……め、って」

切れ切れで聞き取りづらかったが、受け止めてと言われた気がする。次の瞬間、涼乃がぐらりと揺れて、胸の中になだれ込んできた。慌てて抱きとめる。

「大丈夫ですか？　触れてしまいましたが、怖くないですか？」

涼乃が腕の中で頷く。うまく息ができていないような、引きつった声が聞こえる。耳を澄まして聞き取ると、なにか話してほしいと言っていた。

声を聞いて、傍にいるのが泉だと認識したいのだろう。怖がらせないように、ゆるく抱き直す。

「えっと、なにか話せばいいんですよね……」

確認すると、頷きが返ってくる。正直、まいった。こういうときにする会話がわからない。そもそも一人で話し続けるのは、不得意だった。

「どうしてこうなったか、質問してもいいですか？　嫌だったら、首を振ってください」

こくん、と涼乃が頷く。シャツの袖を摑む力が少し抜ける。

「あれですよね……電気を消したせいで、高校のときのことを思いだしたんですよね？」

彼女がもう一度頷いた。

「配慮が足りなくて、すみませんでした。ここ、似てますね」

涼乃が高校生のときに襲われた空き教室は、建て替えが計画されていた古い校舎だった。その校舎にあった教室に、ここは少し似ていた。

掃除当番で古い校舎にいた彼女は、ゴミ捨てで一人になったところを後ろから羽交い絞めにされ、口を塞がれて空き教室に連れ込まれた。ストーキングしていた泉は、一部始終を遠くから見ていた。急いで駆けつけて助けることができたが、その短時間で彼女はここまで深い傷を負った。

「泉さんは……悪くないです。私も、自分がこうなるって思ってもいなくて」

腕の中で身じろいだ涼乃が、声を震わせながら予想外だったとこぼす。彼女はあの事件のあと、カウンセリングに通いＰＴＳＤと診断された。数年間専門の治療を受け、日常生活をおくれるぐらいに寛解したという。

「こういう教室なんて、高校を卒業してから入ったことがないので。症状がでるってこと、すっかり忘れていました」

少し落ち着いてきたのか、涼乃の声から強ばりがとれてきた。

被害後、涼乃は学校を休んでいたが、加害者の男子生徒が退学になるとすぐに復帰していた。治療を続けながら、学校に通っていたそうだ。涼乃と仲がよく口の硬い少数の友達と、事件を重く受け止めた学校側が、彼女の高校生活をサポートしてくれたのだ。おかげで、卒業するまでひどい発作やフラッシュバックを起こすことはなかったという。

「そうだったんですね……涼乃さんが、きちんと守られていたと知って安心しました」

部外者だった泉には知り得なかった事実だ。平然と高校生活を送っているように見えていたので、彼女はとっくに立ち直ったのかと思っていた。再会して、まだ傷を抱えていると知ってからも、今まで実感がなかった。

「あの……僕との契約を続けることは、傷に触れることになりませんか？」

涼乃を抱く腕に力がこもる。

もう泉のエゴで続けていい契約ではない。この関係が続くことより、彼女の精神状態のほうが大事だ。

「実はもうスランプを脱していて、涼乃さん以外も描けるようになっているんです。だから、契約を解除したほうがいいかなって……涼乃さん？」

急に胸元を強く摑まれ、腕の中を見下ろす。

「いや……ですっ」

話すうちにすっかり消えていた声の強ばりが、戻っていた。泉を見上げる瞳が、不安そうに揺れる。

「嫌？　どうして？」

この性的な関係は、彼女に悪影響しかないと思ったのに、拒否されて驚いた。見つめ返した目が、困ったように右往左往する。

「この契約に救われてるというか……こういったことへの恐怖や嫌悪がむしろ薄れてて。それは泉さんがきちんと契約を守ってくれているからで、なんていうか」

うまく言葉にできないのか、小さく唸って涼乃がうつむく。流れた髪の隙間からのぞく耳の先が、ほんのりと赤くなっている。

ごくりと、喉が鳴った。

彼女には恋人がいる。もちろん肉体関係があるはずだ。それなのに、泉とのおかしな契約に救われているということは、恋人と性的にうまくいっていないのだろうか。それで浮気を許しているのかもしれない。

憶測でしかないが、彼女のトラウマに配慮しない、一方的な性行為を強要するタイプの恋人だと考えれば、契約に救われるというのもわかる。

「泉さんにならら……身を任せる怖さがないから、この契約が必要なのは私のほうなんです」

やっぱり。彼女は、泉との契約関係で傷を癒そうとしているのだろう。

「……ごめんなさい。私の我《わ》が侭《まま》で。泉さんの迷惑になるなら契約は解除でかまいません」

シャツの胸元を握っていた手から力が抜けていく。そのか細い手を、とっさに摑んだ。

「迷惑じゃないです。スランプは脱しても、僕の想像力をかきたて、能力を引き上げるのは涼乃さんしかいません」

　やや前のめりで懇願していた。

　恋人や結婚相手としては求められていないのだろう。けれど代わりに、絶対に契約を守る男として信用されている。救いとして求められている。

　肉体的には繋がってはいないけれど、気持ちの上では恋人よりも深い関係かもしれない。いけないと思うのに、メンタル的に寝取っている優越感で、自然と口元が緩む。

「こちらこそ、嫌でないなら契約を継続してもらえませんか？」

「はい、喜んで！」

　即答すると、腕の中で硬くなっていた涼乃の体からふっと力が抜ける。

「では、継続ということで……今後は、こういうシチュエーションにならないよう気をつけますね」

　涼乃に手を貸して立ち上がらせ、機材の片付けを始める。薄暗い教室での撮影はあきらめた。

「あの……待ってください」

　バッグを開こうとした腕に重みがかかる。視線を向けると、目元を染めた涼乃が泉の袖を引いていた。

「お願いがあるんです。泉さんなら大丈夫そうなので……ここで、キスしてくれませんか？」

「へっ、なんてっ……？」

思わず裏声になった。そんな泉に呆れることなく、恐縮した様子で涼乃が言うには、トラウマの克服がしたいということだった。

ここで、過去のトラウマ場面を泉で再現して、記憶を塗り替えたいという。

「要するに、お清めエッチならぬ、お清めキスをお願いしたいんです」

「なるほど。わかりやすい……」

妹がマンガ家なだけあって、オタクな慣用句がするっと出てくる涼乃に感心する。

「でも、僕が相手でいいんですか？」

こういうのは恋人が妥当だと思うのだが、涼乃は首を横に振った。

「泉さんでないと駄目です。信頼しているんです」

恋人より、今まで契約を守って信用を積み重ねてきた泉を選ぶという。やはり恋人との関係はあまりよくないのだろう。

「今までしてきたプレイとも似ていますし、プレイで怖いと思ったことがないんです。だから……」

「わかりました。そういうことなら、責任持って引き受けます」

当時をできるかぎり再現するということになり、二人で廊下に出て、教室の電気を消した。こちらに背を向けて歩きだした涼乃を、後ろから羽交い絞めにして口を塞ぐ。体をこわばらせる彼女を引きずるようにして、教室へ連れ込んだ。

ここまではストーキングで遠くから見ていた流れだ。教室に入ってからなにがあったのか、そういえば聞いていなかった。だが、涼乃もパニックになっていて憶えていないかもしれない。

泉が教室に忍び込んだときに二人がいた辺りへ、震える涼乃を引きずっていく。乱暴にしているが、彼女の様子を細かく観察しながらだ。嫌がって抵抗してもやめないでほしいとは言われたが、継続が難しいと感じたらやめるつもりだ。

こういったことは、本来ならもっと慎重にしなくてはならない。素人が手を出してはいけない領域だとわかっているのに、涼乃から信頼を寄せられたのが嬉しくて断れなかった。

腕の中の涼乃は、蒼白になって震えているが大丈夫そうだ。さっきのような恐慌状態には見えない。

奥のほうに涼乃を追い詰め、体を囲うように壁に両手をつく。見下ろした彼女の目は、少し焦点が合っていなかった。泉の向こうに、違う誰かを見ている。忌々しい母の顔と重なった。

焦燥と気持ちの悪さ。自分を見てほしいという叫びが、胸の中でぐちゃぐちゃに混じり合う。

「涼乃さん」

強く名前を呼ぶ。揺れていた視線が泉をとらえるのを見て、衝動的にその唇を奪った。

びくっと華奢《きゃしゃ》な体が震える。首を振って逃げようとするのを、後頭部を押さえて口付けを深くする。体のこわばりが増し、涼乃の喉から裂けるような細い悲鳴が漏れた。

はっとして、体を離す。目を見開いて固まっている涼乃の頰に、撫でるように触れた。

「僕です……全部、僕がやったんです。昔のことも、今も」

過去に涼乃を襲った男子生徒も、自分だったら。そう想像すると、ぞくぞくした。

彼女を傷付けた男子生徒が憎いけれど、同時に成り代わりたかった。

「あれもプレイだった。涼乃さんを襲ったのは僕だったんです」

まだ怯えている涼乃に言い聞かせるように、声を低くする。

「だからもう……怖くないはずです」

戸惑うように揺れる涼乃の目をじっと見つめたまま、軽く唇に触れてすぐに離れる。こちらを見上げる目から、恐怖が抜けていく。それを確認しながら、また口付けた。

ちゅっ、ちゅっ、と軽く慈しむように何度も唇を重ねる。涼乃の体から緊張がなくなり、閉じていた口が自然と開く。誘われるように唇を舐めれば、彼女のほうから舌を差し出し、身を寄せてきた。

涼乃の甘い吐息ごと食べるように、舌を迎え入れる。おずおずと侵入してきた彼女の舌に、好きなようにさせる。こちらから貪らない。主導権は彼女にあるのだと教えるように、じっと待つ。

ぬちゅっ、小さな舌が動く。子猫がミルクを求めるような舌の動きに、胸がくすぐったくなる。もどかしさが、じわじわと体の奥を昂《たかぶ》らせていく。甘酸っぱい快感が集まって、つたない口付けなのに息が乱れた。

我慢できなくなり、涼乃に覆いかぶさるようにしてキスを深くする。まさぐってくる舌を伝うようにして、彼女の口内に入り込んだ。生温かい粘膜の感触が、蜜のように甘ったるくて脳が痺れる。

こんなふうに、じっくり味わうような口付けは初めてかもしれない。

くちゅくちゅと二人の間で濡れた音と吐息が交わされる。もう恐怖心もないのだろう。涼乃の体は熱くほどけ、豊かな胸を泉に押し付けてキスに溺れている。細く目を開くと、とろけきった彼女の視線とからまった。

契約外なのに、このまま彼女と熱を交わしたい。火照った肌を重ねて、本能のままに乱れて溶け合いたい。

けれど二人の熱に水をかけるように、殴るようなノック音が教室に響いた。

「そろそろ時間ですよ！」

二人同時に、跳ねるように体を離す。つっ、とキスの名残が糸を引き、涼乃が真っ赤になって唇を拭う。泉も口元を押さえた。首筋から耳にかけて体温が上昇するのを感じながら、背後に向けて声を張った。

「すっ、すみませんでした！　すぐに片付けて出ます！」

「よろしくお願いしま～す」

間の抜けた声のあと、のんびりとしたスリッパの音が遠ざかっていく。

絶対に、なにをしていたか見られた。気を遣われ、ノックされたのだろう。その証拠に、ドアが薄く開いていた。

公共の場で、なんてことを……。

上がり続ける体温を鎮められないまま片付けをして、鍵を返却しにいく。こちらを見る係員の生温かい視線に、うなじの熱がいつまでたっても引かなかった。

そのあと校内の見学をしたが記憶は曖昧だ。ただ、恐怖を克服できたらしい涼乃がはにかんで言った「ありがとうございます」という言葉と、自然に繋がれた手の温もりだけは、しっかりと記憶に残っていた。

8

別荘にきてそろそろ一ヶ月。掃除は涼乃、料理は泉が中心になってするという分担ができてきた。食事や日用品の買い出しは一緒だ。

運転するのは涼乃で、泉が買うものを選ぶ。食べたいものをリクエストすれば、それに必要な食材を選んでくれる。

こういった買い物に、泉が慣れていて助かる。基本、親任せにしてきた涼乃は、なにを買えばいいいか迷ってしまう。将来を考えると、できるようになっていないと面倒かもしれないと反省した。

買い物のあとは、ショッピングモールや地元のオシャレな飲食店で食事をする。それから海辺を散歩したり、泉の仕事の資料になりそうな場所に行ったりした。観光地を巡ることもある。

まるでデートだ。別荘での暮らしは、ほぼ同棲《どうせい》と変わらない。しかも泉との暮らしは快適で、涼乃にストレスはなかった。

泉はどう思っているのだろう。

涼乃との暮らしに、彼もリラックスしているように感じる。出会った頃の緊張した様子や硬さはない。契約の性行為を重ねるごとに、要求に遠慮がなくなってきている気がする。もちろん涼乃には拒否する権利があるのだが、彼に求められるのは嫌ではなかった。むしろ期待で体が疼いた。廃校舎でキスしてからは、求められたいと思うようになった。

今も、泉にスケッチされながら、欲求と戦っている。

二人がいるのは、別荘にある屋外のプールだ。プールサイドに置かれた、幅のあるビーチベッドに寝そべった泉の腰に跨っている。いわゆる騎乗位の体勢で、涼乃は白いビキニを着ていた。

海に面したここは他の別荘からは距離があり、小高い場所に建っている。目の前の海も、浜辺ではなく岩場だった。あまり人が入ってこない場所なので静かだ。人目もない。ドローンでも飛ばされたら見られてしまうが、私有地なので許可がなければ飛ばせないので大丈夫らしい。

今回は、大学のサークルメンバーで海に旅行にきたという設定だ。登場人物は後輩の男子大学生と、先輩の女子大生。後輩は、美人な先輩に淡い恋心を抱いている。だが、先輩がパパ活をしていることを知ってしまい、ショックを受ける。パパ活がバレた先輩は、口止めで後輩と関係を持つという展開だった。

海でこのプレイをするのは法に触れそうなのと、事故などの危険性もある。そこで安全性を確保した上で、別荘のプールでプレイをすることになった。

「すみません、前後に体を動かしてもらえませんか。乳房の揺れる状態を確認したいので」

背もたれを少し起こした状態で、器用にスケッチしていた泉が要求を口にする。今は最初の性行為シーンのプレイで、下からのアングルで騎乗位をスケッチしたいと言われてとった体勢だ。

この物語は女性のほうが攻めていく展開だった。後輩の口止めに性行為を提案したのも先輩なので、困惑する彼を押し倒し、自ら行為を進めていく。始まりは逆レイプまがいなのだが、旅行先の海で何度も体を重ねるうちに、後輩も積極的になっていくというストーリーだった。

言われた通りに、泉の腰あたりに手をついて体を前後に揺らす。まんずりで後輩を攻めるシーンだ。

「こんな感じですか……？　んっ……はっ、あぁ……ッ」

水着越しだが、性器がこすれる感覚に鼻にかかった声が漏れる。濡れた状態が見たいと言われて水をかぶっていたので、髪先からぽたぽたと水滴が滴り、合わさった下半身はぐちゅぐちゅと濡れた音がする。

上に跨っているだけでも、変な気分になっていた。動きが加わると疑似性交の度合いが高まって、お腹の奥がきゅんっと疼く。水とは違う水分で、水着がじわりと濡れてくる。

涼乃がこんな状態だというのに、スケッチをする泉の目は冷めている。表情から首筋、揺れる乳房、下半身へと視線を移動させ、淡々と手を動かす。

鉛筆が紙の上をすべる音に感じる。鉛筆の先を倒した柔らかい音、強い線を描くときに先を立てた硬い音。紙を軽くくすぐるように動く音。涼乃を描いていると思うと、その手の動きに愛撫されているようでたまらなくなる。

サラサラと流れるような音は、鉛筆の芯の腹で影をつけているときだ。彼の腕の動きで下乳のあたりを撫でているとわかる。

「んっ……はぁ……ッ」

漏れる息に甘さが混じり、なにもされていないのに乳房の先が尖ってくる。腰の動きも緩慢になり、触れ合った場所がぬめりを帯びてきた。

それなのに、スケッチに集中している泉の体は、少しも反応していない。水着越しだからわかりにくいのかもしれないが、さっきから擦り合わせている部分は柔らかいままだった。

自分ばかり乱れているのが悔しい。にらみつけるが泉は描くことに夢中で、涼乃がなにを思っているかなんて考えていないのだろう。

それに体同様、彼の頭上の数字も動かない。最近、上昇を止めてしまったのは、現在手がけている仕事のほとんどが、年末から来年にかけてのものだからだろう。報酬が振り込まれるのが来年以降なので、今年の年収には反映されないようだ。

涼乃の楽しみが減ってしまったのも面白くない。

「涼乃さん、では次は自慰をしてみてください」

満足いくスケッチができたのか、次の指定が入る。体がカッと熱くなった。

後輩のものを受け入れるために、自分で準備をするのを見せつけるシーンだった。

自慰は、プレイ内容の確認と契約をするときに入っていた項目だ。それ以上の行為をしているのだから、自慰ぐらいと了承はしたが、いざその場になってみると恥ずかしい。しかも泉は仕事モードで、冷淡にこちらを見つめている。

自慰というより、羞恥プレイだ。だいたい設定では先輩役の涼乃が攻めているはずなのに、こちらが命令されて辱めを受けているような状態はおかしい。

「少し、協力してください」

「協力？」

「貸してください……」

不思議そうにする泉の左手をとる。くいっと引くと、意図を理解してくれたのか、スケッチブックを乾いた地面に置いた。

「後輩君も、触ってみたいでしょ？」

せっかくプレイ中なのだから、役柄に添わないと面白くない。自分ではわからないけれど、妖艶になるように笑ってみる。泉の喉がごくりと上下したので、少しは効果があったのだろう。

摑んだ手を乳房に押し当てる。濡れて少し冷えていた肌が、手の体温で温まると同時に快感でぞくぞくした。はぁ、と濡れた息がこぼれた。

「ほら……せっかくだから水着に手を入れてみて。好きにしていいんだよ？」

見せてもらったネームにはなかった台詞だが、問題ないだろう。泉が童貞の後輩らしく、たどたどしい動きで水着をめくり下乳に触れる。胸のたわみに指を沈ませるようにして、水着の中に侵入してきた。

「あぁんッ……！　はぁ、もっと揉んでいいから……んんッ！」

探るような動きがじれったくて催促すると、急に動きが増した。遠慮なく入ってきた指先が、乳房を揉みながら尖りをぐりぐりと押し潰したり、挟んだりする。誘導していないのに、鉛筆を置いた泉がもう片方の手で、反対の乳房にも触れた。水着の上から鷲掴《わしづか》みにし、揉みしだく。

「あっ、あぁ……ひゃぁ、ンッ！」

両方の乳房を、めちゃくちゃに揉まれる。その動きに合わせて腰が揺れ、濡れた音が大きくなる。こすれ合った泉のものが、むくりと頭をもたげ始めていた。

涼乃は我慢できなくなって、水着のボトムをずらして濡れそぼる割れ目を指で撫でる。プレイのために、インナーショーツははじめからつけていない。くちゅくちゅと指先で襞をかき回す。あふれた蜜が、とろりと泉の水着の上に滴る。

もっと大胆に指を動かすには、水着が邪魔だ。サイドのリボンを解いてボトムを落とす。屋外だという恥ずかしさは、快楽にのまれて消えていた。

「はぁっ、はっ……あぁんっ、んっ……みて、ほら」

胸の愛撫に夢中になっている泉に向かって、くぱあと割れ目を両手で開いて見せる。ネームにあったシーンだ。

「ここに、君のを入れるんだよ。わかる？」

見せつけるように、指を一本入れる。自慰はしたことがあったけれど、こうして自分の指を入れるのは初めてだった。中は生温かくて、ざらざらしている場所もあって、なんだか変な感じがする。

指を入れただけでは、気持ちよくはなれない。けれど泉にこんなエッチな姿を見せているることに興奮して、お腹の奥がずくんと疼く。その下で、彼の分身が硬く大きくなっていくのが嬉しい。冷淡な目つきではない熱のこもった視線が、涼乃をとらえて離さなかった。

差し入れた指を、ぬちゅぬちゅと上下させる。ひくつき緩くなる蜜口に、二本、三本と指を突き入れ、かき回す。じれったいだけで、思ったほど気持ちよくない。

陰唇や陰核を愛撫したほうが感じる。けれど、そういう直接的な快楽より、泉に見られているということに体が熱くなり、いやらしい気分になってくる。

膣の奥がきゅうっと疼いて、腰がぞくぞくした。

「はっん、あぁんっ、あぁ……ッ！　きもち、いいよぉ……はぁンッ、ンッ……ねっ、入れたいよね？」

胸への愛撫をやめ、涼乃の下半身をじっと凝視する泉の手をとる。今度は乳房ではなく、とろとろになった蜜口へと導いた。

「んっ……はぁ……ここに、いれ……ッ、はっ、あっあぁぁッ！」

言い終わる前に、泉の指がずんっと深くまで入ってきた。自分の指とは違う質量に、きゅうっと中が締まる。他人の指のほうが快感が強くて、太腿が震えた。落ちそうになった腰を支えるように泉の腰に手を突くと、指が一気に三本に増やされる。

ずっずっ、と涼乃の指より太いものが蜜口と内壁をこすりながら出入りする。ずくんっと強い快感が体の芯を突き抜ける。

「ひぃんっ……！　あっ、あぁぁ……アァァッ……らめぇ……ッ！」

内壁が激しく収縮して達する。けれど泉の愛撫は止まらず、入り口を広げるように、中で指がばらばらに動く。

「あっ、あぁぁ……ンッ、もっやぁ……アァッ！」

達して敏感になっている中をめちゃくちゃに犯され、ぎゅんっと下腹が甘く疼く。腰がかくかくと動き、気持ちよくなることしか考えられなくなる。泉の愛撫に溺れかけたところで、振動するなにかで濡れそぼった襞を撫でられた。

「ひゃぁンッ！　な、なに……っ？」

「涼乃さん、役柄を忘れないでください。これ、自分でできますか？」

ブゥンッブゥンッと襞の間で振動するのは、いつも使っているバイブだった。プレイの流れで、先輩自ら後輩の陰茎を入れる展開だ。いつもは泉が入れてくれるそれを、涼乃が自分で入れないといけない。

恥ずかしいけれど、期待で喉が鳴った。唇を舐め、はぁと火照った息を吐く。

準備の整えられた膣が、きゅんきゅんと切なく震えている。早く中を満たしたい。

泉が下腹部のあたりで立てているそれに、手を添える。位置を確認しながら、ゆっくりと腰を下ろしていった。

ひくつく入り口に、震えるバイブの尖端があたる。浅い場所をブルンッとかき回され、強い刺激に力が抜ける。

「ひゃぁあッ！　あぁッ！　ひぃんッ……！」

がくんっと腰が落ちて、バイブを深くまでのみ込む。

「ひぐ……ッ……アッアァ……！　らめぇッ……！」

中をえぐるように玩具が動く。衝撃で硬くなった体を、内側から激しくかき乱される。気持ちよすぎて、動けない。

前のめりになって、泉の腹部に手をついてはあはあと激しく息をつく。唇の端から、雫がしたたる。

少しずつ体が慣れてきた頃、泉の硬く立ち上がった一物が、臀部を押した。水着の中で窮屈そうにしている。見れば、泉も苦しそうに眉根を寄せていた。

「こっちも……したいよね？」

きっと先輩キャラならそう言うだろう。体を後ろへずらして泉の水着を下ろした。ぶるんっ、と勢いよく飛び出したモノに腹の奥がいやらしくうねる。

尖端からはすでに透明な液が滴り、竿《さお》をてらてらと光らせている。

「まっ、待ってください……これを」

そのまま両手でしごこうとすると止められた。泉が水着のポケットをごそごそして、コンドームを差し出す。快楽で細かいことなどどうでもよくなっている涼乃と違って、冷静だ。契約上も避妊をすることになっていた。

毎回きちんと用意している泉に感心する。薄着だから、持っていないと思っていた。なぜか面白くなかった。

このままでもいいのに。してみたいのに……。

ふっとわいた感情に戸惑っているうちに、泉がコンドームを装着してしまった。

「涼乃さん……？」

ゴム越しに触れた陰茎はさらさらしていて、さっきのような生々しいぬめり感がない。味気ない感触に、泉との壁を感じる。

「こんなの、ないほうがいいのに……」

「えっ……ちょっ！　涼乃さん……んッ！」

手でしごきながら、体を屈めてその尖端を口に含んだ。ゴムの臭いがして、まずい。味付きなら違ったのかもしれないが、契約やプレイ内容に口淫はなかったので、泉もそういうものは用意していなかったのだろう。涼乃も、こんなことをするのは初めてだ。

独特の臭いを我慢して、口腔の奥まで彼のモノを受け入れる。知識は妹の蔵書のみで、けっしてうまいとは思えない。けれど上目遣いで確認した泉は口元を押さえ、目元を染めている。眉根を寄せ、ビーチチェアの縁を掴んでいた。

もともと顔の整っている泉が、そういう表情をすると色っぽい。胸が疼いて、嬉しくなった。喉の奥で締めるようにして、舌を這わせる。

「ちょ……やめっ……！」

事前に確認したプレイ内容にない行為に、うろたえている。けれど強引に止める素振りもなかった。

気持ちいいのだろう。快感を散らすのに必死になっている。

陰茎の根元を手で絞るようにしごき上げ、尖端を上顎にこすりつけるように頭を動かす。ぬちゅぬちゅという音と、泉の耐えるような喘ぎ声がする。それにつられて、涼乃の下腹部も疼いた。

蜜口がきゅうっと締まって、振動を続けるバイブを強く感じる。膣内が奥へ誘うようにうねうねと動く。蜜で下へ落ちかけたバイブが、そのうねりで奥へと潜り込む。細いけれど長さだけはある先っぽが、最奥にとんとんとあたるのがたまらない。

口淫を忘れて、腰が揺れる。物足りない。膣も奥もきちきちに満たしたいし、襞の中に埋もれてひくついている肉芽も弄りたかった。

「はっ……はぁ……あぁ……ンッ、こんなの……いらない」

「ンンッ……涼乃さん？」

喉の奥で締め上げていた陰茎を解放し、コンドームを外した。目を見開き、止めようとする泉を無視して体を倒す。ぬめぬめとした先走りの汁に濡れた陰茎が、肉芽をこすった。

「あっ、あぁぁ……ンッ……いいっ」

陰茎を二人の体で挟むようにして、腰を前後に振る。

「ん、ぐっ……ッ、ちょっ待って……あぁッ」

「はあっ、あぁぁッ……きもち、いいんでしょ？　やめていいの？」

泉の痴態に興奮して息が上がる。こういうのも悪くない。

濡れそぼった襞の間で、陰茎を行き来させる。たまに尖端が肉芽を突くと、びくびくっと痙攣し、玩具をのみ込んだ蜜口が締まる。中で振動するそれの形を感じて、快感が強くなった。

「はぁ、はぁっ……きもち、いい……？」

肩紐が落ちて露わになった乳房の先が、泉の胸板にこすられて硬く充血していく。肌が触れ合うだけで感じて、蜜がびゅくびゅくとあふれてくる。膣の奥が激しく痙攣を始め、甘い痺れが強くなる。

「すずの、さん……これ以上は、だめっ……んっ！」

よけいなことを言う泉の唇を塞いだ。舌を差し入れ、からませる。全身の動きを激しくすると、泉の腕が腰に回った。

「んっ、はぁ……あぁッ！」

下から突き上げるように、泉も腰を振り始めた。口付けの合間にのぞき込んだ目に、もう理性はなかった。合わさった下半身が卑猥《ひわい》な音を立てる。泉の指先が、蜜口に入ったバイブの端にかかった。

「ひゃあぁ……ッ！　あっ、あぁぁ、やぁっ……それっ、あぁぁッ！」

体の揺れに合わせて、ずちゅずちゅっとバイブを抜き差しされる。その動きに押されるように、陰茎に襞と肉芽を強くこすりつけた。

ぎりぎりまで引き出されたバイブが、ぐちゅんっと音を立てて最奥をえぐる。膣が激しく痙攣し、こすられすぎて敏感になった肉芽もびくびくと震えて達した。

「あぁ……アアァンッ！　はっあぁ、らめぇ……ッ！」

「……んっ、ぐっ！」

襞に挟まれていた陰茎も、尖端から白いものをほとばしらせて果てた。飛び散った白濁は、下半身だけでなく二人の胸元まで汚す。

一滴だけ唇に飛んだそれを、涼乃はぺろりと舐めた。口に広がった苦味と青臭さに、一瞬だけ顔をしかめたが、ふふっと笑って泉の胸に脱力した体を預けて目を閉じる。上下する胸の激しさから、いつもより彼が冷静でないことを察して優越感で満たされた。

「こんな感じ？」

『うん、いい感じじゃん』

タブレットのビデオ通話アプリ越しに、フライパンの中をのぞいた妹の陽菜乃がうんうんと頷く。その手元では、スタイラスペンがタブレット画面を軽やかにすべっていた。妹は原稿を描きながら、パソコンでビデオ通話をしている。

「これで本当に火が通ったの？」

フライパンの中には、夕飯になる予定のハンバーグがトマトソースで煮込まれ、いい匂いをただよわせている。美味しそうだが不安で、料理のアドバイスをしてくれている妹に気弱な言葉を漏らした。

『それだけ煮込んでれば大丈夫だって。それにしても、お姉ちゃんが自分から料理をするとはね……』

陽菜乃がペンを止めて、にやにやとした笑みを浮かべる。

家で掃除は手伝うが、料理はしてこなかった。母と妹が料理上手なので、それに甘えてきた結果だ。在宅で仕事をしていて、引きこもり気質な妹は家事が得意だ。締切近くでなければ、毎日のように料理をしている。趣味でもあるらしい。時間があるときは、こった料理が食卓に並んだりもする。

母も妹の家事能力をあてにして、パートにでるようになった。食材の買い出しを主にしているのは母だ。

そんな主婦が二人いるような環境で、家事が不慣れな涼乃ができることは少ない。代わりに、金勘定や事務仕事は得意なので、父とともに保険や税金関係の手続きを担っている。

妹の確定申告書類を毎年作っているのは涼乃だった。

そういえば、その話をしたとき泉が「なんて羨ましい！」と身を乗り出していた。あんなに食いつきがいいなんて、手料理よりも確定申告の手伝いを申し出たほうがよかったかもしれない。だが、泉なら税理士を雇っているだろう。どのみち涼乃は必要ない。

ずきりっと痛む胸を押さえ、アイランドキッチンから見えるリビングのドアに視線をやる。そのドアが開く気配はない。

今、泉は仕事が佳境で部屋に閉じこもっている。修羅場というほどではないので、涼乃を避けているのだろう。食事はほぼテイクアウトかデリバリーになっていて、食べる時間もお互いばらばらだ。たまに一緒に食事をしても、前みたいな気安い空気は薄れている。

あの日、涼乃が泉の制止を無視して、コンドームを勝手にとったせいだ。

プレイが終わって二人の息が整ってから、険しい表情の泉に抱き上げられシャワー室に連れ込まれた。そこで体のすみずみまで洗われ、怒られた。妊娠の危険性や自分の体をもっと大切にするようにと、怒っているというより諭しているようだった。けれど最後に泉は、我慢できなくて行為を続行してしまった自分を恥じ、涼乃に謝った。

彼が謝ることなんて一つもない。ここでやっと、自分のしたことの重大さに気づいた。

契約は涼乃を守るためのものだ。万が一、妊娠した場合の記載もある。全面的に泉が責任をとる内容で、涼乃のせいで妊娠に至っても同じだった。

これでは泉を陥れたようなもの。ずっと誠実に対応してくれていた彼を裏切ったのだ。

すぐに謝った。けれどそれから、二人の間はぎくしゃくしている。

「……泉さんが忙しいから、私が料理しようかなって。デリバリーやテイクアウトばっかりも、栄養が偏ってよくないでしょ」

『ふうん。へえ～、そうなんだ～』

妹の意味ありげな視線と揶揄《やゆ》するような声色に、顔をしかめる。言いたいことはわかる。

「そういうんじゃないから……」

好きだとか、恋愛だとか、そんな甘ったるい気持ちとは違う。もっと欲にまみれた、生々しい感情だ。それに駆られて、涼乃はひどいことをしてしまった。

その罪滅ぼしに、料理なんて慣れないことをしている。しかも彼が好物だと、前にぽろりとこぼしたハンバーグを作るなんて、滑稽な気がした。

やっぱりすぐに役に立たなくても、確定申告の手伝いを申し出るべきだった。

『へえ、お姉ちゃんもそんな顔するんだ』

「そんなって、どんなよ？」

からかい口調の妹にむっとして、唇を尖らせる。煮込みハンバーグの入ったフライパンに蓋をして、付け合せのサラダを作り始める。

『恋する乙女が悩んでるみたいな？』

「だから、違うから」

『わかった、わかった。お父さんとお母さんには黙っておくから、安心して』

へらへらと笑う妹に溜め息をつく。

親には、仕事で作家さんの世話をするために、会社の別荘に泊まり込むとしか話していない。総務課なのにと不思議がられたが、事務仕事の手伝いだと言って誤魔化した。

その作家が男性だとは言っていないので、女性作家だと勘違いしているだろう。過去の事件から、涼乃は男性を警戒している。両親もそれを知っているから、結婚しろと言ってこないのだ。

もちろん性的な契約を交わしていることは、妹にだって話していない。

知ったら驚くだろう。泉への心象も悪くなるかもしれないので、口が裂けても言えない。

その契約を知らないから、妹は呑気《のんき》に恋だなんて言えるのだ。ただ、婚活をやめるときに、泉のモデルをする話はした。彼の頭上の年収が涼乃に影響されて変化することも話すと、妹はしたり顔で「なるほどね」と呟いた。あの頃から妹はなにか勘違いをしている。

『てか、作家のイズミさんなんだよね。そういうんじゃなくても、羨ましいな。私も近くで、作品制作の過程を見てみたいし、いろいろ話したいなぁ』

作家イズミのファンである妹が、間近で原画を見たいと嘆息する。前に、スケッチを見せてもらっていると話したときは、地団駄を踏んでいた。

『あ〜、いいないいな。でも、お姉ちゃんがイズミさんと恋人になったら、私にもワンチャンあるかな？　家に連れてきてよ。目の前で描いてくれないかな？』

夢を語り出す妹に、頭が痛い。そんなことにはならないだろう。

肉体関係に近いものはあるけれど、泉はどこか一線を引いた態度を崩さない。避妊のこともそうだ。絶対になあなあにしないのは、涼乃を思いやってもいるが、他人を自分の領域に入れたくないからだろう。

その壁をこえたくなって、涼乃は失敗した。

妹の夢想を聞き流しながら手を動かしていると、ピロンッと通知音がした。社用のスマートフォンからだった。

「ごめん。会社から連絡がきた」

メインのハンバーグはなんとかできたので、もう妹に用はない。またね、と言って逃げるように通話を切る。

スマートフォンの通知を開くと、泉の担当編集、中園からだった。今日、必要な資料と道具を持った者が別荘に向かったのでよろしくとある。意味がわからなかった。

詳細を教えてほしいと返信すると、先日、泉から必要な資料と絵の道具を手配してほしいと頼まれたそうだ。今朝、メールで用意できたことと、今日中に届ける旨を連絡したが返事がない。それで念の為、涼乃にも連絡したという。

ちなみに、それらを持って別荘にくるのは、総務課の同僚らしい。涼乃には仕事で話があるそうだ。

忙しくて涼乃にも伝えていなかったのだろうという中園の返信に、また心が重たくなる。必要最低限の事務連絡もしたくないほど、涼乃の存在がわずらわしいのかもしれない。

中園との連絡が終了して、一時間もしないうちにインターフォンが鳴った。泉が部屋から出てくる様子はない。かなり集中しているのだろう。そうなると彼は、ちょっと声をかけたぐらいでは聞こえない。

インターフォンの液晶画面には、同僚の男性が映っていた。あまり話したことはないが、顔も名前も知っている。警戒することなく、家に招き入れた。

資料や絵の道具で大荷物になっている同僚、松崎《まつざき》をリビングに案内してお茶を出す。そのとき、彼がこちらを見る視線に嫌なものを感じた。ねっとりとした、涼乃を値踏みするような目つきだ。目が合うとすぐに不穏な空気は引っ込み、爽やかな笑顔を向けられる。勘違いかもしれないと思いながら、ちらりと彼の頭上の数字を確認する。最後に会社で会ったときから変わっていないので、泉の母との繋がりはないだろう。神経質になっているのかもしれない。

松崎が荷解きをしている間に、泉を呼びにいった。案の定、外からノックしても反応がなかった。寝ていることも考慮して、そっとドアを開くと大きなデスクに向かって仕事をしている。涼乃が肩を叩くまで気づかないほどだった。

驚いてこちらを振り返った彼が、一瞬、表情をこわばらせる。ずんっとまた胸が重苦しくなった。それを無視して、笑顔で中園からの届け物だと告げる。

「あっ……忘れてました！　ありがとうございます」

泉はハッとした表情になり、慌てて部屋を出ていった。置いて行かれたことを悲しく思いながらリビングに戻る。

資料などの受け渡しは、すぐに終わった。泉は資料を読みたいようで、うずうずしている。それを察した松崎が、くすりと笑う。

「どうぞ、仕事に戻ってください。すぐにお暇するので……ただ、お願いしたいことがあって」

松崎は腕時計を見て、肩を落とした。

まだ終電の時間ではないが、乗る予定の電車が到着するまで、時間が空いているらしい。海開きもしていないオフシーズンなので、急行電車の本数が少ないのだ。

電車がくるまで、どこかで食事をしたいという。

「そういうことなので、佐田さん。駅まで車を出してもらえませんか？　ついでに仕事の話をしながら食事でもどうです？」

「えっ、ええ……はい、かまいませんが」

松崎の勢いに押されて了承してしまった。せっかく作った煮込みハンバーグはあるが、あれは客に出しても大丈夫かわからない出来だ。量も二人分しかない。

急に泉に出す自信がなくなって、キッチンから漂ってくるトマトソースの香りに気が沈む。

泉は食事をどうするのだろう。ちらりと隣に座った彼を盗み見ると、キッチンへ顔を向け鼻をくんくんさせていた。

「いい匂いですね。もしかして夕食を作っていたんですか？」

「あ……いえ。あまり上手ではないので、人に出せるようなものではないのですが」

今の言い方だと、自分のぶんだけ作ったみたいだ。実際、そういうふうに伝わったようだった。

「じゃあ、それを僕が食べます。仕事をしたいので、松崎さんにはお付き合いできませんし、総務課の仕事の話を聞くわけにもいきませんから」

「作った食事が無駄にならなくて、ちょうどよかったですね」

そんなふうに二人の間で話がまとまってしまい、松崎を駅まで送るついでに涼乃のお薦めの店で食事をすることになった。

出かける前に、大量の資料と道具を泉の部屋へ運ぶのを手伝う。早速、資料を開いて集中し始めた彼の背中をじっと見つめる。

「あの……夕食ですが……」

「ん、なんですか？」

本から目を離さないまま、泉が心ここにあらずな返事をする。まだ聞こえてはいるが、生返事みたいなものだ。

今さら、松崎と食事をしたくないなんて言いにくい。あの目つきを思い出すと、密室になる車で駅まで送っていくのも嫌だった。男性から、いやらしい視線を向けられるのは今に始まったことではないけれど、会社での松崎はそういう目をする男性ではなかった。

だからよけいに、見間違いではないかと迷ってしまう。

「あの……冷蔵庫に茶碗蒸し入ってます」

「茶碗蒸し。はい、わかりました」

ふと投げたセーフワードに返ってきたのは、興味のなさそうな生返事。こんな場面で「茶碗蒸し」と言ったところで、プレイの最中でもないのだからわかるわけがない。それでも、彼に違和感だけでも伝わらないかと思った。

「じゃあ、松崎さんを送ってきます。遅くなりそうだったら、連絡しますね」

きっと連絡しても気づかないだろう。はぁっ、と息を一つついて泉の部屋を出た。

後部座席に座らせた松崎は、世間話をするぐらいで、不埒な動きをすることはなかった。それで油断したのが悪かったのかもしれない。

駅の近くまできたところで、涼乃が薦めた店よりも、ホテルのレストランに行きたいと言い出した。そこは駅前のシティホテルで、最上階にある創作イタリアンのレストランは、観光雑誌に毎回載るほどの人気店だ。料金は少し高いが、東京の三ツ星ホテルで料理長をしていたというシェフの料理は、たしかに美味しい。泉とも一度、訪れたことがあった。

今はシーズンオフなので予約がなくてもディナーを楽しめる。

嫌な予感はしたものの、人目のある場所なら助けも呼べる。渋々とした態度を隠し、レストランに入った。

メニューにある真ん中の値段のコースを頼む。この食事代、社内交際費にできないだろうか。仕事の話もするので、会議費にしたい。

乗り気でない食事に、この値段を支払うのは納得できなかったが、流された自分も悪い。そんな思いが少し顔に出てしまったのだろうか、松崎が「俺が付き合わせたから。支払いますよ」と言う。

正直、割り勘より嫌だ。経費にならないなら、おごられたくもない。

「けっこうです。そんな義理はありませんので」

にべもなく断れば、気分を害した様子もなく松崎は苦笑して頷いた。

車があるので食前酒は断り、仕事の話をしながら食事を進める。早々に切り上げて、帰りたかった。

総務関係の話は、たしかに対面で話さないとわかりにくい内容だった。書類もいくつか手渡される。だが、こんな込み入った話なら、店ではなく別荘のほうがよかった。終わったら冷たいと思われようと、タクシーを呼んでさよならでいい。

泉のお使いついでに、涼乃の仕事の話もしたくての人選だったのだろう。女性は、泉が気後れするので外されたに違いない。

松崎が選ばれたのは、口が堅く優秀だからだ。今まで、涼乃に対していやらしい目を向けてきたこともない。だから危機感を持たずにいた。

仕事の話が終わってから、松崎の視線にねばついたものを感じるようになった。最初の違和感は、やはり間違っていなかった。

「佐田さんなんだそうですね。イズミさんの描く女性のモデルって」

コースのドルチェが提供されたところで、松崎が舌なめずりするように言った。

「しかも恋人同士でもないと聞きました。それなのに、あんなマンガのモデルをするなんて、案外好きものなんですね。俺の相手もしてくれませんか？」

ずいっと身を乗り出してきた松崎の息が鼻先にかかる。思わず嫌悪感もあらわに顔をしかめ、体を引いた。

「あからさまに引くなんて、ひどいですね。イズミさんほど稼いではいませんが、俺もお金なら支払います。ここの部屋も予約してあるんですよ」

誰から泉との関係を聞いたのだろう。マンガを読んだだけでは、涼乃がモデルだとわからないぐらいに、キャラがアレンジされている。参考になっているのは、プレイ内容ぐらいだ。

中園や編集長が喋ったとも思えない。

「……お断りします」

「なぜですか？　お金、好きですよね？」

以前、同じ部署の飲み会で趣味を聞かれ、適当な嘘が思いつかず素直に「貯金」と答えてしまった。一部の社員から、揶揄を含めて「お金好き」と言われているのは知っている。事実だし、否定もしていなかったが、今言われるのは気分が悪い。

泉のことも「あんなマンガ」と馬鹿にした発言だ。

水の入ったグラスを摑む。これを彼にかけて、立ち去ってやろうか。

「駄目ですよ。そんなことをしたら、いやらしいマンガのモデルをしてるって言いふらしますよ」

グラスを摑んだ手を包むように握られ、鳥肌が立った。松崎の体温が気持ち悪い。

頭が真っ白になって、なにも考えられない。昔、襲われたときみたいだ。

あれから異性との接触はできるだけ避けてきた。交際もしていない。ふいに身体が触れることはあっても、こんなふうに手を握られたことなどなかった。

泉だけだ。触れることを許せて、怖くなかった相手は。

こんなかたちで、自覚してしまうなんて。吐き気とショックで、口元を押さえてうつむく。自身で振り払う気力を奪われるほど、松崎の手は気色悪かった。

「それは脅迫ですよね。通報していいですか？」

突然、感情を押し殺した低い声がして、ねっとりした手の感触が引き剝がされる。はっとして顔を上げると、険しい表情の泉が松崎の腕を振り落とすところだった。その後ろに、ハラハラした様子の店員が立っている。強引に店内に乗り込んだのかもしれない。

「もし脅迫内容を実行された場合は、御社から僕の著作物をすべて引き上げ、今後一切、仕事も引き受けません」

編集部の経理を担当している松崎が青くなる。それがどれだけの損失になるか、わかるのだろう。

松書房は中規模の出版社で、イズミが抜ける穴は大きい。彼とはデビュー直後から付き合いがあり、イラスト集を数冊出版しているし、挿絵の仕事を多く受けてもらっている。アニメ化した小説作品のグッズのキャラクターデザインもしてもらっているため、被害が甚大だ。現在進行中の企画もある。

イズミは手が速く、割となんでも描いてくれるので、作品点数が多いこともダメージを広げるだろう。

「松崎さんでしたっけ？　上に報告しておきますね」

そう言うと泉は、グラスを掴んだままの涼乃の手をとった。ぐいっと引かれるまま立ち上がり、店を出る。しばらく無言で歩いて、エレベーターに乗った。

地下へ降りていく浮遊感に、息を吐く。エレベーターは二人きりで、安心したら体から力が抜けた。手を繋いだままの泉を見れば、汗だくだった。

走ってきたのか息はまだ荒く、シャツは濡れて透けている。

「泉さん、すごい汗……大丈夫ですか？」

「えっ、あっ、すみません！」

ぱっと離された手も汗でぬめっていたが、気持ち悪くなかった。バッグから出したハンカチで、泉の額の汗を拭ってやる。

「ありがとうございます。自分でします」

恥ずかしいのか、赤くなった泉にハンカチを取り上げられる。

「あとで洗って返します」

「どうせ一緒に洗濯するんだから、気にしなくていいですよ」

苦笑して返すと、泉はばつの悪い表情になった。

「どうして、ここにいるってわかったんですか？」

わかりにくいセーフワードは残したが、行き先は伝えていない。ホテルのレストランになったのも、松崎の提案だ。

「涼乃さんが、お薦めしそうな駅前のお店を全部回っただけです……ごめんなさい。すぐにセーフワードに気づけなくて」

泉が眉尻を下げ、肩を落とす。

涼乃たちが出かけ、しばらくして違和感を持ったそうだ。キッチンでかいだ香りは洋食。茶碗蒸しは合わないし、その匂いはしなかった。

もしかしてと思い、キッチンに駆け込み確認すると、茶碗蒸しなどどこにもない。すぐにセーフワードだと察して、タクシーを呼んで駅に向かった。

だが、涼乃たちがどこの店に入ったかわからない。思いつく場所を、片っ端から回っていって、最後に辿《たど》り着いたのがここだったという。

「探してくれたんですね……」

ぎゅっと胸の前で手を握る。足元がそわそわして落ち着かない。

無視されたと思っていたセーフワードが伝わっていただけでなく、必死に守ろうとしてくれていた。プレイ中でもないのに、レストランに駆けつけて、涼乃が嫌がることを止めてくれた。

松崎を牽制する泉は、頼もしかった。いつもの気弱な雰囲気は鳴りを潜め、威圧的でもあった。

涼乃は高圧的な態度に嫌悪感があったが、泉のそれはすんなりと受け入れられた。彼の強さは、誰かを踏みにじるために行使されないと信じられたからだろう。

そんな彼が、涼乃のために戦ってくれている。嬉しかった。

人間としてだけでなく、恋愛対象としても泉を好きなんだと、はっきりと自覚した。

「助けていただき、ありがとうございます」

鼓動が速くなる胸を押さえる。細く吐く息に、想いがにじんでしまう気がした。

けれど泉は、暗い顔で首を振った。

「間に合ってよかったですが、嫌な思いをさせてしまって、申し訳ありませんでした」

腰を九十度に折るように頭を下げる泉に、慌てる。

「待って。悪いのは松崎さんで、泉さんは悪くありません。こうして駆けつけてくれましたし……」

否定したが、泉は頑なだった。

「いいえ。涼乃さんをモデルに性的なマンガを描いておいて、配慮が足りなかったと思います。どこから情報が漏れたのか、きちんと調べて口止めします」

うつむいた泉の表情が陰る。苦しげに眉根を寄せる。

「それと、こういうことがまた起こるといけないので……もうこの関係は終わりにしましょう」

エレベーターが地下に到着した。ドアが開く音とともに、涼乃の胸も重く軋《きし》んだ。

9

泉が、涼乃の残した言葉に違和感を持ったのは、車のエンジン音が遠ざかるのを聞いたあたりだった。資料を流し読みしながらも、彼女の言葉は耳に届いていて、生返事をしていた。

だが、じわじわと言葉を理解するにしたがって首を傾げた。

「トマトソースと肉の匂いだったのに……茶碗蒸し？」

洋食に茶碗蒸しという組み合わせもなくはない。家庭でなら、有り合わせでそういう献立になることもある。ひとり暮らしの泉は、もっとおかしな組み合わせの食事もする。

だが、わざわざ茶碗蒸しを言い残すのもおかしい。まさかセーフワード？

ざっと血の気が引いた。涼乃からのＳＯＳだったのではないか。

資料を放り出し、慌ててキッチンへ駆け込めば、蓋をしたフライパンの中には煮込みハンバーグが二人前あった。

泉の好物だ。泣きたくなった。

最近の自分は、涼乃を避けていた。それに彼女が落ち込んでいると気づいていながら、関係を修復できずにいる。原因は先週したプレイの最後に、同意なくコンドームを外されたことだった。

契約を守らなかった涼乃に、怒りはない。彼女が望んだことで、不快になってないなら問題はなかった。

だがそれとは別に、安易に妊娠の危険が高まる行為をした涼乃を心配して、声を荒げてしまった。快楽に流されずに、自身を大切にしてほしかった。

なにより涼乃の誘惑に抗えず、再度避妊をせずに流された自分に怒っていた。恥ずかしくて、どう彼女と接すればいいかわからなくなり、ぎこちなくなった。

あの行為のあと、避妊なしで涼乃と性行為をする夢を何度も見た。これがお前の願望なんだろうと、何者かに嘲笑われているようだった。実際、彼女を見るとまた同じことをしたい衝動に駆られた。

いつか理性を失って、彼女に襲いかかるのではないか。それが怖くて、涼乃と眼を合わせられなかった。食事の時間もわざとずらして、仕事に没頭している振りをした。

理由もわからず、涼乃は不安だったはずだ。自分を責めたかもしれない。

そんな状況の中で作られた泉の好物のハンバーグ。二人で食べるつもりだったのかもしれない。

吸い込んだ美味しそうな匂いが、肺をぎゅっと押しつぶす。

なぜ、松崎と行かせてしまったのか。仕事の話はここでさせ、タクシーを呼んで帰らせればよかったのだ。

確認した冷蔵庫に、茶碗蒸しはなかった。これでセーフワード確定だ。

タクシーを呼んで、涼乃たちを追いかけた。駅前で降りて、目ぼしい店を何軒も回る。見つからない。

以前、泉と一緒に行ったホテルのレストランで、やっと二人を見つけた。遠目でも、涼乃の表情が強ばっているのがわかる。松崎はいやらしい笑みを浮かべていた。

すぐに最悪の事態になっていると察し、店員の制止を振り切り二人の席に走った。

聞こえてきた脅迫と、涼乃の手を握る汚らしい松崎の手。表情をなくして白くなる彼女が、旧校舎でフラッシュバックを起こしていた姿と重なった。

引き剝がし、振り落とした松崎の手を切断して燃やしてやりたいと思った。誰かに対して、ここまでの怒りを抱いたのは初めてだった。高校生のとき、涼乃を襲った男子相手にも、こんなに強い怒りは感じなかった。それがなぜかわからないまま、松崎を脅し返した。

いや、脅しではなく本気だった。

涼乃のためなら、今の仕事も信用も失ってかまわない。出版社と揉める覚悟が即座にできた。

けれど松崎を置いてエレベーターに向かう間に、頭が冷えていった。涼乃にはお礼を言われたが、すべて泉の落ち度だ。こういう危険があることを予想できたはずなのに、なにも手を打っていなかった。彼女の人生や尊厳を、台無しにするところだったのだ。

契約を終了するのは当然の流れだ。

涼乃は、この関係によって嫌な記憶が塗り替えられ、救われていると言ってくれた。だが、松崎のような人間が再び現れないとも限らない。そうなればまた、彼女は過去の傷をえぐられる。セカンドレイプと言っていいだろう。

泉は別荘に帰宅後すぐ、中園に連絡をとった。松崎の件を話すと、編集長や総務部の課長まで電話口にでてきて、謝罪の嵐だった。

翌日には、松崎がなぜ涼乃のモデルの件を知ったか明らかになった。

涼乃が一時的にリモート勤務になったことは、家庭の事情だと総務部の者は知らされていた。松崎も特段、疑問にも思っていなかった。

そんな彼に飲み屋で接触してきた女がいた。女は、涼乃が今どこにいるのかをしきりに聞いてきたが、個人情報は教えられないと突っぱねた。すると下卑た笑みを浮かべ、今度は涼乃がなにをしているか知ってるかと、イラストレーターのイズミと肉体関係にあることと、イラストやマンガのモデルになっていることなどを早口でまくし立てた。

気の触れたおかしな女だと思ったそうだ。言動も病的で、金をやるから調べてくれとまで言い出す。これは関わってはいけない相手だと、その場から逃げ出したという。

だが、言われてみればイズミのイラストやマンガには、涼乃に似た感じの女性が出てくる。いや、でもまさかと思っているうちに、上司から内密で仕事を頼まれた。それが別荘へイズミの荷物を届けることと、そこで世話をしている涼乃へ、仕事の伝言をすることだった。

あの話は本当だった。松崎の中で、マンガの女性たちと涼乃が重なる。別荘に行くと、本当に二人が一緒に生活していて、邪な気持ちが首をもたげたそうだ。

その結果、出来心でやってしまったと松崎は白状した。

だからといって許せるものでもない。彼のことは厳正に対処してもらった。中園たちもこちらの落ち度だと認め、すぐに松崎を総務部から異動させた。涼乃と滅多に顔を合わせることのない、郊外の倉庫管理に飛ばされたらしい。

松崎のことは、これでいいだろう。問題は、彼によけいなことを吹き込んだ女だった。母に違いない。最悪だ。

すぐに弁護士へ連絡して、母へ厳重注意をするよう依頼した。名誉毀損に問える内容だ。涼乃を危険に晒《さら》したくなくて別荘へ引きこもったというのに、逆に怖い思いをさせ、尊厳を傷つけた。母との問題を解決できていない状態で、涼乃と関係を持ったのがいけなかった。

昔から、泉に少しでも女性の影がちらつくと、母は異常なほどの敵愾心《てきがいしん》を抱いた。それを知っていたのに配慮も根回しも、なにもかも足りなかった。

すべて泉の落ち度だ。そう説明して涼乃に謝り、契約の終了を提案すると、なぜか傷ついたような笑みを返された。

そしてなにか償いがしたいと言う泉に対して、涼乃は「なら、最後に普通の恋人同士のプレイがしたいです」と求めてきた。意味がわからず首を傾げると、特殊なプレイはなしで、普通にどこかで待ち合わせをしてデートに行き、食事をして、家に行ってまったりしたい。そういう時間を泉と過ごしたいと言われた。

そんなことで償えるのならと、引き受けた。


今日は、東京に戻って最初の休日。約束した償いのプレイをする日だ。待ち合わせの駅前で、ぼんやりと彼女を待つ。

あれから母は、弁護士に厳重注意を受けて大人しくしている。今日のデートを邪魔されることはないだろう。

待ち合わせの時間ちょうどに、涼乃がやってきた。改札をくぐる彼女は、いつもと違うカジュアルなパンツスタイルで、足元も歩きやすそうなシューズだ。

普段はスカートが多く、色っぽい雰囲気を漂わせている涼乃が、爽やかな印象に変わる。こういう服装も似合うのかと目を細めていると、こちらに気づいた彼女が手を振った。

「おはようございます。待ちましたか？」

「大丈夫です。さっき来たところなので」

大嘘だ。一時間前に到着し、周囲をうろうろして場所の確認をしていた。

涼乃とは別荘地で、あちこち出かけた。食事の買い出しがメインだが、ショッピングもした。一緒に暮らしていたというのに、こういう、どこかで待ち合わせをして落ち合うデートは、初めてだった。

そもそも異性とのデート自体が、泉は初めてだ。別荘地では、仕事の延長の感覚だったので、デートだとは意識していなかった。そのせいか、急に緊張してきた。

「あの、涼乃さんは本当に動物園でよかったんですか？」

目的地の動物園に向かいながら、隣の涼乃をうかがう。

どこへ行くか話し合ううち、休みの日によく動物園でスケッチをしているとこぼした。動物だけでなく、様々な年代の人物がいるので、練習で描くのにいい場所なのだ。入園料も安く、学生の頃によく通っていた。今も仕事で行き詰ってくると、気分転換に足を運ぶ。

そんな話をしたところ、涼乃が一緒に動物園に行きたいと言い出した。泉としては、行き慣れている場所なので、初めてのデートでも緊張しなくていい。かまわないと返事はしたが、大人のデートで動物園はありなのかなしなのか、判断がつかなかった。

一人になってから、ネットで動物園デートを検索したが、大人のデートコースとしては微妙な感じだった。単語を変えて何度も検索したが、これぞという答えも見つからない。

「僕は動物園が好きだからかまいませんが、涼乃さんは我慢してませんか？　他に行きたいところがあるなら、今からでも変更して……」

「大丈夫ですよ。私が望んだんですから」

「でも、大人のデートとしておかしくないですか？　僕はデート経験もないから、涼乃さんに恥をかかせていないか心配です」

彼女が自分に合わせてくれているのはわかる。その過程で無理をさせていないか、やりたいことを我慢させていないか、それが気がかりだった。

涼乃は苦笑して首を振った。

「私も……なにが正しいデートかなんてよくわかんないです。でも、こういうのって他人から見て正しいとかじゃなくて、お互いが楽しめればどこに行ってもいいと思うんですよ」

「そういうものですか……」

「ええ、そうです」

断言されて心強くなる。けれど、そう言い切れる涼乃は、これまでそんなデートをしてきたのだろう。

わかっていたのに、息が詰まるような喪失感に襲われる。

するりと手を繋いでくる仕草も自然で、男慣れしているのだろう。彼女と触れ合えるのは嬉しいのに、自分より前の男の影を感じて気持ちが沈む。

前までは、こんなふうではなかった。涼乃に彼氏がいるのは当然で、自分は信頼を得た契約上の関係。間男にもなれていないというのに、傷つくなんておこがましい。

「そんなことより、お互いに言葉遣いを少し崩しません？　タメ口までいかなくてもいいので、せっかく恋人同士のプレイなんだから、それっぽくしたいかな」

敬語を取り払った涼乃が、まだ慣れないのかはにかむ。ぐっと距離感が縮まった気がして、こちらまで恥ずかしくなる。

「泉さん、駄目?」

「いいえっ駄目ではっ……えっと、駄目、じゃないっ。よっ、よろしくっ」

タメ口どころか、女性と敬語以外で会話をしたことがない。会話が成り立つこともほぼなかった。

出会ったばかりの頃のように、噛んでしまい、頬が熱い。

「ふふっ、可愛い」

笑われたが、嫌な感じはしなかった。彼女が楽しそうなので、恥ずかしさも、可愛いという不本意な褒め言葉も気にならなかった。

動物園では、涼乃の好きな動物をスケッチしてほしいとねだられた。お安い御用なので、何枚もせがまれるままに描いた。たまに集中しすぎて、涼乃のことを忘れて描いていて慌てた。

ハッとして彼女を振り返ると、こちらの手元を楽しそうにのぞき込んでいる。

「ご、ごめん……集中しちゃって」

描き上げた満足感も吹き飛び、胃がひやりとする。彼女からの要望でデートをしているのに、自分ばかりが楽しんでいる。

「ううん。泉さんが描いてるの見てるの好きだし、鉛筆のすべる音も心地よくて好きだから、大丈夫」

涼乃が嬉しそうに肩をすくめて笑う。

プレイ中だからなのか、本心からなのかはわからない言葉。けれど嬉しかった。そう言ってくれる誰かを、ずっと求めていたのだと気づいてしまった。

これがプレイでなかったらいいのに。けれどプレイでなかったら、自分なんて見向きもされなかっただろう。

鼻の奥がつんとする。痛む肺から、湿った息がこぼれる。泣きたかった。

「キリンもうまいね。動いてるのに、よく描けるよね」

スケッチに視線を落としている涼乃は、泉の変化に気づかない。目を輝かせ、キリンの絵を眺めている。

「対象をよく観察して、骨格を見て描くんだ。動きのある動物は特に、骨の動きを描くようにすると、躍動感がでる」

キリンは動きが鈍いので、描きやすい。それにこの動物園の動物は、ほとんど描いたことがある。手癖でさらさら描けてしまう動物も多かった。

涼乃のことも、もう手癖で描けるぐらい腕の筋肉に馴染《なじ》んでいる。ホクロの数も、髪や睫毛《まつげ》、眉毛、そして産毛の毛流れも、記憶するほど描き込んだ。爪の形の美しさや、足の小指が少し内側に曲がっていることだって知っている。秘められた場所の皺の数も、快感に火照る肌の色も、ほころぶ花の入り口が震える様も、目に焼き付いていた。

描くのが快感になるぐらい、彼女の細部まで知り尽くしているというのに、なに一つ泉のものにはならない。それを悔しいと感じる日がくるなんて、思ってもいなかった。

「あっ、あそこにギフトショップがある。キリンのぬいぐるみあるかな？　私、キリン好きなんだ」

描き方の話はあまり興味がなかったのか、涼乃が遠くに見える黄色の建物を指さす。ベンチから立つと、見に行こうと腕を引っ張られた。歩きながら、今日の思い出にキリンのグッズがほしいと無邪気に笑う。

そういう笑顔を、どれだけの相手に見せてきたのだろう。今の恋人にも見せたのだろうか。

普通のデートがしたい。それは泉ではなく、今の恋人に対して求めていたことに思える。契約による肉体関係も、ＰＴＳＤを癒す手助けも、本当は恋人にしてもらいたかったはずだ。泉はその代用品で、それでいいと思っていた。

「キリン、あった。これほしい！」

ぬいぐるみを見つけて、嬉しそうにはしゃぐ彼女は可愛いのに、憎らしかった。

記念にキリンのなにかがほしいなら、泉のスケッチでもいいではないか。ねだって描かせるだけ描かせて、絵の一枚もほしいと言わなかった。いくらでもあげるのに、求められていない。

泉に執着しながら、泉の描く絵には見向きもしなかった母と重なる。母がほしがったのは、父に似た外見。涼乃がほしがったのも、恋人の代わりに慰めてくれる相手だった。

自分は誰かの代用品にしかなれないのかもしれない。

性癖がこじれたのも納得だ。寝取られる側に自己投影して性欲を満たすことが、保身になっていた。そういう性癖だから、愛する人に見向きもされなくても平気なのだと、無意識に言い聞かせてきた。

おかしな気づきに、乾いた笑いが漏れそうになる。

「じゃあ、これ買おうか。僕のぶんも」

「お揃いだね」

手に乗るサイズのキリンのぬいぐるみを二つ、さっと会計をすませる。別々に包んでもらったうちの一つを、涼乃に渡した。

「ありがとう。大切にする」

半分払うと言われなくてほっとする。これくらいは、プレゼントしたかった。彼女の歴代の恋人たちに比べたら、ささやかなものだろう。

それから園内のカフェで軽く昼食をとり、動物のスケッチをして回った。閉園後は駅の近くで食事をして、泉のマンションに向かう。

ずっと手を繋いだままだ。はたからは恋人同士に見えるのだろうか。

このあとはマンションで過ごす。配信の映画を観たいと涼乃が言っていた。それから恋人同士のような甘いプレイをして、一緒のベッドで眠りたいそうだ。

あれだけ体を重ねてプレイをしていても、一緒に眠ったのはホテルの離れでプレイをした夜だけだ。あれは布団が使えなくなったから仕方ない。

別荘にいた間も、部屋は別々だった。契約でプレイをしているだけなので、それ以上、深入りはしないようにしていた。プレイ外で、みだりに彼女に触れるのも契約違反だ。

それなのに、こんなプレイを償いで求めてくるなんて、涼乃はなにを考えているのだろう。恋人から大切にされていないのだろうか。浮気性の男だから、行為が終わったらさっさと部屋から追い出されていたのかもしれない。

そんな男なら、泉が恋人でもいいではないか。

せり上がってくる不快感をのみ込む。嫉妬で喉が焼けそうだ。前なら抱かなかった感情をもてあまし、マンションのドアを開いた。

ソファの端に腰掛け、シャワーを浴びている泉を待つ。貸してもらった彼の部屋着は、思ったよりも大きくて袖が長い。トレーナーの襟ぐりも開いていて、鎖骨が見える。

彼シャツならぬ、彼トレーナーだなと考えて頰が熱くなった。下にはいたズボンも大きくて、裾を何回も折り返している。泉にすっぽりと包まれているような心地だ。

落ち着かなくてきょろきょろすると、今日一日、泉が持っていたトートバッグが目に入る。ローテーブルの脚に立てかけられていたそれが、倒れて中身が出ていた。

そっとスケッチブックを拾って、開く。今日、描いてもらった動物のスケッチが何枚もあった。キリンのページで手が止まる。

本当はぬいぐるみではなく、このページがほしい。

けれど言い出せなかった。プロの、それもイズミが描いた絵だ。それだけで価値があるものを、本当の恋人でもないのにほいほいおねだりする勇気はない。

パラパラとその先をめくっていくと、最後に見覚えのないスケッチがあった。

「私だ。いつの間に？」

ウサギを抱っこして笑っている涼乃だった。動物と触れ合えるコーナーで、ウサギをスケッチする間、抱いていてくれと言われたときのものだろう。ウサギだけでなく、涼乃も描かれていたなんて知らなかった。

「そっか、これが最後の私のスケッチになるんだ……」

年収が見える能力が、泉と関わったきっかけだった。数字を増やしたいがために、プレイを提案した。だが、頭上の年収なんてもうどうでもよくなっていた。なにかあって、泉の年収が暴落しようともかまわない。彼が幸せになれるなら、年収の増減なんてどうでもいいことだ。

そんなことより、彼に寄り添って、彼の描く世界をずっと見ていたかった。

寂しさで胸がぎゅっと痛む。こんなふうに涼乃を描いてもらえることはもうないのだろう。

成人向けマンガのモデルになったと噂になっても、涼乃は気にしない。ただの噂だと受け流していれば、そのうち誰も気にしなくなる。しつこく噂をすればセクハラだ。まともな人ほど、相手にしない。

けれど泉は違う。きっと責任を感じて思い悩む。それで潰れて描けなくなったら、涼乃は自分を許せない。だから契約を終わりにしたくないと言えなかった。

それにもう、泉への想いは抑えられないところまできている。この間はコンドームを奪うだけですんだが、次は彼の童貞を奪ってしまうかもしれない。そうなれば涼乃が処女なこともバレるだろう。出血がなかったとしても初めては痛いだろうし、慣れていないことも気づかれる。

そうなったら泉は、涼乃に幻滅するかもしれない。彼は寝取られが性癖だ。だから最後までしたいけれどできなかった。

「……処女じゃなかったらよかったのに」

変な嘘なんてつくものではない。けれど嘘をつかなければ、あの契約はなかっただろう。彼と肌を重ねる悦びを、知ることもできなかった。

恋愛はコスパが悪いとか、妊娠リスクがあるとか、斜にかまえていた自分を今では滑稽に思う。泉相手ならコスパが悪くても、リスクを抱えることになってもいいと思えるのだから。

バスルームのドアが開く音が聞こえた。慌ててスケッチブックをトートバッグに戻し、ローテーブルの脚に立てかけておく。

「……お待たせしました」

振り返ると、風呂上りでほんのり肌がピンク色に染まった泉が、緊張した面持ちでリビングの出入り口に立っていた。少し髪が濡れているのが色っぽい。

「い、泉さんっ……よろしくお願いします」

「とりあえず、寝室に行きましょうか」

「は、はいっ」

こちらにも緊張が移って、声が上ずる。お互いに敬語に戻ってしまっていた。

今まで散々、特殊なプレイをしてきたというのに、妙に気恥ずかしい。うつむき加減で歩み寄ると、泉にするりと手を繋がれた。

心臓が跳ねる。彼から手を繋いでくるのは珍しい。それも了承もなく、触れられた。そうか。もうプレイは始まっているのだ。恋人同士なら手を繋ぐぐらいで、いちいち確認はとらない。

じわっと汗で手が濡れてくる。歩く振動で抜けてしまいそうになる手を、ぐっと強く摑み直される。いつもより泉の手を力強く感じて、胸の高鳴りが速くなった。

「ここです……打ち合せ通りにプレイを開始して、問題ありませんか？」

寝室の前につくと、いつも通りの開始前の確認をされる。こくんと頷くと、手を強く引かれて寝室に連れ込まれた。

初めて入る泉の寝室は、すでに間接照明が灯っていて、ちょうどいい暗さだった。空調も入っている。そういえば今までは、明るい照明のもとでのプレイばかりだった。

泉がスケッチしやすい光量にしていたのだ。それに比べて、ムードがある。これから睦み合う場所といった感じで、そわそわする。

火照ってきた頬に、冷えた手をあてる。それで落ち着きはしないのに、なにかしないではいられない。その手を覆うように、泉の手が頬に添えられた。

「涼乃さん……」

思ったより近い声に視線を上げる。屈んだ泉の顔が迫っていた。

「あ……泉さ……っ」

唇が重なる。まずは優しく、羽のような軽さで合わさり、離れ、すぐにまた重なる。ちゅっと音をたてて離れたかと思うと、何度もちゅっちゅっと啄《ついば》まれた。

くすぐったくてもどかしいキスに、薄く唇を開く。すぐに合わさった唇から、泉の舌が侵入してきた。

「んっ……うぅんっ……」

口付けが深くなる。腰を抱かれ、ぐっと引き寄せられ、彼の胸にすがりついた。密着すると胸が潰れ、そこからお互いの鼓動が伝わってくる。同じぐらい速かった。

いつもプレイの始まりでは冷静で、仕事の顔をしている泉が、今夜は違う。スケッチする予定がないからだろうけれど、同じように乱れていく息遣いに、ずくんっと腹の奥が疼く。

泉もはじめから求めてくれている。これがプレイだとしても、嬉しい。

奥深くまで入ってきた彼の舌に、舌裏を撫でられ腰が砕ける。すかさず抱き上げられ、そっとベッドに下ろされた。

　向かい合ってベッドに座った泉の手が、涼乃のトレーナーを脱がせる。風呂上りにブラジャーは着けなかった。エアコンの冷えた空気に、露わになった乳房がふるっと震える。泉の大きな手が下乳をすくう。今度はその掌の体温に、びくっと体が反応した。

「あっ……ぅんっ！　はぁ、んんッ……！」

　再び唇が重なり、乳房を揉みしだかれる。そのまま圧し掛かられ、ベッドに押し倒された。

　ずっと無言だ。いつもなら、ああしてほしいとか、ポーズの指定を要求される。プレイするキャラの台詞も事前に確認しているので、話すことがそれなりにある。けれど今回のプレイに、泉のネームはない。マンガになる予定もないからだ。

　なにか言葉がほしい。けれど普通の情事なら、会話なんてないのかもしれない。エッチの最中にあんなに喋らないと、マンガを揶揄する話を聞いたこともある。

　二人の息遣いと口付けの音だけが薄暗い部屋に響く。会話がないせいで、いつもより神経が昂っている。肌に触れる指先の形までわかるほど敏感になっていて、もう脚の間が濡れてきた。

　キスで頭がぼうっとしてきた頃、泉の唇が首筋に吸い付いた。ちゅうという音のあとに、軽く痛みが走る。

「んっ、やぁ……ッ」

甘い痺れに、ずくんっと膣が震えた。

なんだろうと泉を見下ろすと、鎖骨を甘噛みされ吸われる。疼痛に体をこわばらせ、吸われたあとを見ると、赤くなっていた。

キスマークだ。そういえばプレイの注文で、痕を残してほしいと頼んだ。いつもは契約で、絶対に痕をつけないことになっている。恋人同士のプレイならキスマークぐらい普通だからとお願いしたが、それが普通なのか涼乃は知らない。本音は、泉からの痕がほしかっただけだ。

「あっんっ……あっ、あぁ……んッ」

泉の唇が移動する先々で痕を残していく。強弱をつけて吸いつかれ、くすぐったさと痛みが交互にくる。つきんっとした刺激のあとから快感が生まれ、声が抑えられない。

乳房を弄っていた指が、硬くなった尖端をとらえる。ぐりぐりとこね、そこにも唇が吸いついた。

「ひゃぁ……ッ！　んぁ……あぁッ……やぁっ」

じゅっときつく吸われ、舌先で転がすように舐められる。初めてではないけれど、いつもと違う雰囲気で敏感になっている体が、大きく跳ねる。じんじんする乳首から、下腹へと甘い熱が溜まっていく。

乳首を舐められ、指で嬲られ、腰が重怠くなる。蜜口がひくつき、下着が濡れる。このままだと借りたズボンを汚してしまいそうだった。

「あっ、あぁぁ……ひゃぁッ、だ、めぇ……ッ」

泉が下乳にかじりつき、そこにも痕を残していく。腹にも食いつかれ、臍に舌を差し入れられる。ぬちゅぬちゅと抜き差しされ、こそばゆさに身悶える。

「いやぁっ、んっ！　はっ、あぁっ……や、ひゃあぁッ！　まって……ッ」

腹に埋まる泉の頭を押すと、やっと愛撫が止まる。快感とは違う意味で息が上がっていた。

「もっ……それ、くすぐったいから……」

「ほんとに？　こんなに色が変わってるのに？」

布地の上から、割れ目を撫でられる。それなりに厚い生地が、湿って重くなっていた。カッと頬が熱くなり、口ごもる。その間に、ズボンをショーツごと脱がされた。つうっと蜜が糸を引いて、股とシーツを汚す。

恥ずかしさに閉じようとする脚をつかまれ、ぐいっと大きく開かれる。そこに泉が身を割り込ませ、顔を埋めた。

「ひっ、やあぁっ……！　あぁぁ、あぁ……ひぃんッ！」

舌先が濡れた割れ目を押し開き、むしゃぶりつく。くちゅくちゅと濡れた音が響き、舌と唇が襞の間を行ったり来たりする。

びくびくっと膣が痙攣し、蜜があふれる。声も止まらない。泉の舌遣いも激しくて、いつものプレイに比べたら普通なのに、獣に襲われているみたいだった。

「うぁ、んっ……やぁっ、ら、らめぇ……そこッ！」

襞に埋もれてひくついていた肉芽を、口中で転がされる。すぐにじんじんと熱を持ち始めた。背筋が粟立ち、快感が昂る。

逃げるように腰をよじると抱え込まれ、より食らいつかれる。ずじゅるっ、と襞ごと肉芽をしゃぶられ高まった熱が弾けた。びくびくと下半身が震えて、目の前が真っ白になる。そのままぼうっとする暇もなく、痙攣する中に指が入ってきた。

「あっ……ひゃぁっ、やっ！　まだ、いってるのに……ひぁんッ！」

ぐんっ、と一気に根元まで入れられた指が抜けていき、すぐに本数が増やされる。達したばかりで敏感な中を、指が三本、ぬちゅぬちゅと出入りする。

「はぁあッ、やぁ、あぁンッ……！　らめぇ、やめ……てぇッ」

甘えた声で嫌がりながら、腰が指に合わせて動く。膣は痙攣しっぱなしで、達したまま戻れなくなっていた。

内壁が激しくうねり、出ていこうとする指をからめとる。それでも強引に出ていく指の節が、きゅっと締まった蜜口をごりごりとこすっていくのが気持ちいい。繰り返す絶頂感に、理性がどろどろに溶けていく。

「アァァンッ……ひゃンッ！　あっアァァ……また、きちゃうッ！」

大きな波が襲ってきて、押し上げられる。膣が激しく痙攣して、指を締め上げた。下腹部に溜まった快感が、体中に散っていく。

達したのに抜けない熱に、はあはあと息をついて手足を投げ出す。抜けていく指に、体がびくっと震えた。

ごそごそと音がして、泉が服を脱ぐ。薄闇の中で見る、気怠い表情の彼がいつもよりいやらしく見える。欲を含んだ目が、じっと涼乃を捕らえて離さない。

泉はズボンも下着ごと脱ぎ捨てると、きちんと避妊具をつけてから圧し掛かってきた。襞の間に硬くなった熱が、ぐっとあたる。

「涼乃さん……」

熱をはらんだ声が、艶めいている。ぎゅうっと抱きしめられ、彼の上がった息遣いが耳朶を撫でた。

「好き……愛してる」

気持ちを押し殺したような調子の告白に、ひゅっと息をのむ。けれど今はプレイ中。恋人同士なら、きっとこれくらいのことを言う。泉がプレイに合わせて演技しただけなのに、期待しそうになる。

一瞬だけ高鳴った胸が、ぐしゃりと潰れて息苦しい。

涼乃も彼の背に腕を回し、胸の痛みを散らすようにぎゅうっと強く抱きついた。

「……私も。好き。大好き」

今なら、プレイ中だと誤魔化して、涼乃も告白できる。してもいい。あふれそうになる涙をのみ込んで、痛む喉から声を絞り出した。

「ずっと愛してる」

　こぼれた本音は泉の唇に拾われ、のみ込まれた。もっと寄越せと言うように、舌で深くまで貪られる。押しつけられた彼のモノが、襞の間でひくりと震える。ゆっくりと腰が動きだした。

　ずちゅずちゅっと割れ目をこすられ、膣の奥が切なさに疼く。満たされたくて内壁が収縮するけれど、今夜はここを塞ぐものはない。涼乃が使いたくないと言ったからだ。

　なにか入れれば快楽を得られて満足はできるけれど、仮初でしかない。本当は泉で満たされたかった。それは無理だとわかっているので、満たされないぶん彼の欲の形をしっかりと感じたい。

　それに泉なら、誤って挿入することはないと信じている。涼乃が上になったら万が一があるので、この体位にしてもらった。こうして体が密着するのもいい。

　腕だけでなく、脚も泉にからめる。ぴったりと体を重ね、唇も合わせて腰だけを揺らす。緩慢な動きで強い刺激はないのに、じわじわと奥から昂ってくる。

「はっ……あんっ、あぁぁッ！　やぁ……ンッ」

　ひくつく蜜口の上を陰茎がすべり、肉芽もこすり上げる。きゅんっと子宮が疼いて、奥にほしがっている。けれど満たされることはないまま、昇りつめていく。入れてと言いたいのを我慢して、気持ちいい場所があたるように腰を振る。

　泉のこすりつける力が強くなり、入ってしまうのではないかと思うほど襞をかき乱される。尖端は、蜜口をえぐるように通り過ぎて肉芽を突いた。

「あっあぁぁッ……もっ……らめッ」

「くっ……いく……ッ」

強く抱きついて体重をかけてくる泉を受け止める。耳元で艶めいた呻き声がして、彼の腰がぶるっと震えた。同時に、涼乃も絶頂へと押し上げられた。

「ひぁッ……あぁぁ……ッ！」

びくんっと子宮が震えて、膣が収縮する。すぐに快感が弾けて、脱力した。蜜口がひくひくと痙攣する上で、泉の陰茎が震えながら吐精していた。

ふうっ、と息を吐くと視界がくらりと揺れた。まだ、たいしたことはしていないのに疲れた。動物園を歩き回ったせいだろう。押し寄せてくる倦怠感に、意識が沈んでいく。

涼乃の上で呼吸を整えている泉が、どさりと隣に横になった。彼も眠いのか、気怠そうに息を吐く。その体温に引き寄せられるように腕を伸ばせば、柔らかく抱きとめられる。

気持ちいい。しっとりと汗ばんだ互いの肌が、馴染むように合わさり瞼が落ちた。

まだ彼と一緒にいたい。事後に話をしたいと思うのに、涼乃は抗えない眠気へと落ちていった。

どれくらい眠ったのだろう。泥のように体は重いまま、ふっと目が覚める。間接照明は消えていて部屋は真っ暗だったが、隣の息遣いで泉が傍にいることがわかった。彼に身を寄せると、するりと腰に腕が回る。

「……泉さん？」

「ん……んぅ……すずの、さん」

起きているのかと思ったけれど、寝ぼけた声が返ってきて、すぐ安らかな寝息が聞こえた。すり寄せた肌はさっぱりしている。泉が拭いてくれたのだろう。

このまま眠りたくないと思ったけれど、彼の体温に包まれて、再び心地よい眠りに落ちた。

翌朝。目が覚めると、隣にはまだ泉がいた。彼もちょうど起きたところらしく、眠い目をこすりながら欠伸をした。

ちゃんと取り決めした通り、一緒に目覚めてくれたことにほっとする。彼がいなくなっているのではないかと思っていた。

二人でベッドから下りて、シャワーを浴びて、朝食を作った。緊張感も、なんの隔たりも感じない、不思議な時間だった。このまま普通に、この関係が続いていくような気がした。

けれど着替えて駅まで泉に送られ、改札で別れる段になって足が動かなくなった。ここをくぐったら終わるのだ。

手を繋いできた泉を振り仰ぎ、契約をもう一度見直して、関係を続けられないか話し合いたい。あの母親の問題を片付ければ、再契約できるのではないか。そう言葉にしようと口を開きかけ、さえぎられた。

「じゃあ、また。気をつけて帰ってね」

拒絶するような穏やかな笑顔だった。次などないのに「また」なんて言うのは、別れるまでプレイが続いているからだ。

「あ……うん。またね」

そう力なく笑い返し、改札を通った。振り返ると、泉がこちらを見て手を振っている。さっきの笑顔のまま、手を振り返して踵を返す。目的の電車が到着するアナウンスが流れたのをいいことに、小走りでホームに続く階段を上った。

息が上がる。目の前がにじんでよく見えなかった。ゴオッという電車が入ってくる音に、しゃくり上げた声はかき消された。

10

家から数駅先のファミレス。母と会う場所をそこに指定したのは、お世話になっている弁護士の事務所が近くにあるからだ。なにかあったら担当者を呼ぶことになっている。

当初は弁護士立ち会いのもと、弁護士事務所で会って話をする予定だった。だが、泉と一対一でなければ話し合いに応じないと、母が断固拒否した。こちらから頼んだ話し合いなので、無理強いもできない。だからといって、あきらめるわけにもいかなかったので、泉が折れることになった。

泉としても、母と二人きりで話す必要があると思っていた。いつまでも逃げ続けるわけにはいかない。面倒だと後回しにし続けたツケが、今回の騒動の原因なのだ。

話し合いたいことは、涼乃に対する名誉棄損。今後、そういうことをしないよう、しっかりと釘を刺したかった。

松崎の騒動のあと、母が関わっていると判明し、涼乃に警察へ被害届を出したほうがいいと話した。けれど彼女は、大事にしたくないし泉の母を犯罪者にしたくないと言って拒否した。名誉毀損は親告罪なので、被害者が告訴しないかぎり警察は動かない。

母はこのまま野放しということだ。

けれど被害届を提出すれば、なぜ名誉毀損をされたのか、経緯を警察に話すことになる。イズミのマンガのモデルをしていたことも、詳《つまび》らかにしなければならないだろう。その過程で、涼乃が嫌な思いをするかもしれないと考えると、強く告訴を勧められなかった。

こうなってしまったのは、やはり見通しの甘かった泉の責任だ。なにを犠牲にしても、今後、涼乃に迷惑がかからないようにしなくてはいけない。

そもそも母は、泉に父を重ねて見ていて、自分以外の女性が近寄ることを過剰に嫌悪する。また、息子をコントロール下に置いて、父親の代わりにしたいのだ。父が亡くなった今、その執着は増していると考えていい。

テーブルに出した念書の入ったクリアファイルを見て、嘆息する。

今後一切、涼乃に関わらないこと。名誉を傷つけたり、危害を加えたりしないこと。もし破った場合の罰則などが書かれた念書だ。弁護士と作成したが、これにサインさせたところで法的な効力はほとんどない。トラブルが起きたときの証拠になるぐらいだが、今、母に対してできる手だてはこれくらいしかなかった。

ねっとりとした嫌な視線を感じて顔を上げると、母が店員に案内されてこちらへやってくるところだった。

「久しぶり。元気だった？」

少し派手だがきちんと化粧され、年相応のファッションに身を包んだ母は、世間からはまともな人間に見えるだろう。泉にはねっとりとした声に聞こえる調子も、優しげと評される。吐き気がした。

「あら、少し痩せたんじゃない？」

ボックス席の向かいに座った母が、わざとらしく眉をひそめる。

「忙しくて……少し食欲がないのと、ただの夏バテです」

本当は涼乃と別れてから、まともに食事が喉を通らなくなったせいだ。

少し前までは寝取られが性癖だったはずなのに、今はそういうジャンルを読んでもまったく興奮しない。むしろトラウマになりかけている。

涼乃に対しても同じだ。恋人がいると聞いて興奮していたのが嘘のように、彼女が自分以外の男性と性的なことをしていると想像するだけで死にたくなり、たまに吐いてしまう。

自分より前のことは仕方ない。けれど泉との契約が終了した涼乃が、恋人のもとに戻ったと思うだけで胸がかき乱される。もしかしたら、恋人と別れてセフレを作っているかもしれない。よけいに焦燥が募った。

最後のプレイのときに、強引に繋がってしまえばよかった。そうすれば、あきらめもついたかもしれない。

けれどそれは、泉が彼女の信頼を失うだけでなく、涼乃の過去の傷をえぐる行為だ。寛解した心が、再び壊れてしまうかもしれない。

バイブなしでのプレイは、理性を保つのが大変だった。何度も入れたくなるのを我慢した。プレイ中の戯言だとわかっていても、涼乃から好きだと言われて理性が飛びかけた。その言葉を、そのまま受け取って喜べる立場になりたかった。

他の誰かが、涼乃から「好き」だと言われているのを想像すると、なにもかも壊してしまいたくなる。

母のように、父に執着して愛に狂う人生など嫌だった。それなのに涼乃に執着している。何度、金を使って今の彼女の身辺を調べようと思ったことか。そもそも高校生の頃に、彼女をストーキングしていた。自分も母とさして変わらないと気づき、絶望しては食事も睡眠もとれなくなるという生活を繰り返している。

「とりあえず、なにか食べましょう。体調が心配だわ。やっぱり私が傍についていないと……」

「そういうのいいですから。話し合いが終わったらすぐに帰るつもりなので、食べたいならそのあとにしてください。僕は長居するつもりはないので、いりません」

「ねえ、どうしてそう他人行儀なのかしら。言葉遣いもいつからそんな……」

「今日ここにきてもらったのは、こちらの念書にサインをしてもらいたいからです。まず読んでください」

母の言葉をさえぎり、念書をすっと差し出す。ざっと目を通した母が、鬼のような形相になった。

「なんなのこれっ、冗談じゃないわっ！　私はあの女に危害なんて加えていないわよ！

あの女の同僚に、事実を話してあげただけじゃない！　手紙だって、行動を改めるように親切に注意してやっただけで脅してなんかいないわよっ！」

ヒステリックな声を上げ、手にした念書を破いて丸めた。周囲の視線が集まる。母といるとよくあることだ。

「コピーがあるので、いくら破いてもらってもかまいません。はい、こちらが新しいものになります」

同じ念書をもう一枚、テーブルに置く。年の割には美しい母の顔が、醜く歪んだ。

「嫌よ。絶対にサインしないわ。私になんの得があるっていうのよ！」

こんな女に得をさせてやるのも癪に障るが、サインをさせるためには交換条件が必要だろう。まず釘を刺す必要もある。

「今回の佐田さんに対する一連の出来事ですが、弁護士からも話がいっているとおり脅迫と名誉棄損です。脅迫は証拠不十分なせいで罪に問うのは難しいですが、名誉棄損に関しては松崎の証言もある。また彼のその後の行動も悪質でした。佐田さんが告訴を希望すれば、あなたは確実に逮捕されるでしょう」

そうは言ったが、逮捕までいくかは微妙だ。飲み屋で、自分にとって都合のいい嘘を松崎に吹き込んだだけだ。これで逮捕されたら、酔って会社の上司の愚痴も言えない世の中になる。むしろ松崎が、脅迫して性交を強要しようとした罪に問われるのではないだろうか。

だが、母にこの脅しは通用したようだ。後ろ暗いと思っているからだろう。苦虫を噛み潰したような顔で黙り込む。

「佐田さんには、母には二度とこのような真似をさせないのでと、被害届の提出を思いとどまってもらいました」

本当は涼乃に告訴の意思はないが、それを告げれば母が舐めてかかり、また危害を加えないとも限らない。嘘も方便である。

「この一連の出来事のせいで僕は彼女に嫌われ、別れました。もう、会うことはありません。また、これにサインしてくれるなら、今後、僕は異性と関係を持たないと約束しましょう。それが望みなのでしょう？」

これから先、涼乃以上に愛せる女性には出会えない。体を重ねることも、生理的に無理だ。そもそも普通に会話することだってできないのだ。結婚どころか、恋人も女友達だって作れないだろう。仕事関係は、女性の担当はＮＧだと各出版社に通達しているので問題ない。

「そう……別れたのね」

母の声に喜色が混じる。けれどすぐに、ぎりっと唇を噛んで顔をしかめた。

「別れたのに、こんな念書を作って守りたいほど、あの女のことが好きってことじゃないっ！　だからそんな条件をだせるってわけねっ！」

どんっ、とテーブルを拳で叩き、母は癇癪《かんしゃく》を起して二枚目の念書もビリビリに破いて泉へ投げつけてきた。

まずい。話の持っていき方を間違えたようだ。母が、早口で怒鳴り散らす。

「なんなのよっ、馬鹿にして！　あなたは違うと思ったのに、死んだあの人と同じっ！　なんで私より他の女がいいのよっ！　なんで私じゃないのっ、なんで私を選ばないのっ！」

こうなると、母自身が疲れて黙るまで手が付けられない。昔から、泉はじっと嵐が去るのを待つしかなかった。だが、そうしてきたのがよくなかったのだろう。

ばんっ、とテーブルを平手で叩いて怒鳴り返した。

「僕があなたの息子だからだっ！」

今まで、泉から反撃されたことのなかった母が、顔色を失くして黙り込んだ。その間に、こちらへ視線を向ける客や店員に「うるさくして申し訳ございません」と頭を下げてから、話に戻った。

「僕は父の身代わりではありません。はっきり言って、気持ちが悪い」

今まで思っていても黙っていたことを、母の目を見て伝える。自分からこんなに冷たい声が出るのかと驚いた。さすがにショックだったのか、母は黙ったままだ。

「僕は父ではありませんし、あなたが望む、あなただけを愛する富山貴一《きいち》にもなれません。また画家の貴光になることも無理です」

死んだ父は、貴光という雅号で知られる日本画家だ。そこそこ人気があり、訃報が報道されるぐらいには知名度がある。

「あなたは結婚前から浮気性で浪費家なのを知っていて、父と結婚した。結婚しても子供が生まれても、父がなにも変わらず、あなただけを見なかったことは夫婦の問題で、僕には関係ない」

父は、日本画家としてそれなりに収入はあった。けれど日本画は画材にお金がかかる。絵を一枚売っても経費を引いたら大して利益は残らなかった。

その父の生活を支えた母は、裕福な家のお嬢様だった。経営者一族で、母もまた実家の会社をひとつ任されていた。それなりに順調な会社経営をしていた母だが、父の浮気と浪費に悩まされ、泉が中学生になる頃には冷え切った夫婦関係で喧嘩《けんか》が絶えなかった。

その会社も、泉が家を飛び出したあたりから傾き始め、数年前に倒産した。母に甘い祖父が亡くなり、愛娘の尻拭いができなくなったからだろう。自力で稼ぐことのできない母は会社を畳み、実家に戻って祖母の介護をしながら祖父の遺産で食いつないでいた。

金の切れ目が縁の切れ目なのか。父はパトロンになってくれる女性のもとに転がり込んで、好き勝手に暮らしていたらしい。

「僕を、あなただけを愛する父の複製にしようとするのはもうやめてください」

父と母は別居にはなったが、ずっと婚姻関係にあった。二人に離婚する意思はまったくなく、定期的に会っていたらしい。母主催で、父の個展を開催していたのも知っている。

母はずっと父を愛していた。それなのに泉にも執着する。父では埋められない部分を、息子に肩代わりさせようとしていたのだろう。

今はその父も亡くなり、行き場のない気持ちをすべて泉にぶつけようとしている。それが不快でたまらない。

「僕には僕の人生がある。これ以上、あなたたち夫婦の問題に巻き込まないでもらいたい」

それまで黙って聞いていた母が、苛立たしげにパンプスの先でテーブルの脚を蹴った。

「夫婦の問題っていうけれど、もう貴一はいないわ。それにあなたのことを身代わりになんて……」

「だったら、僕の女性関係に口出ししたり、相手に危害を加えるようなことはやめてください」

「それは……ッ」

「あなたは僕ではなく、父の女性関係を管理したかった。それができないから、支配下に置きやすい息子で憂さを晴らして、身代わりにしようとした。そういうことです」

なにか言おうとする母をにらみつけ、反論を封じる。

「あなたが愛しているのは父です。そして父が妻にしたのは生涯あなただけだった」

母がはっとしたように口を閉じ、目をそらした。

父が一番多く描いたモデルは母だ。泉にとっては嫌悪感しかない女だが、父にとってはミューズだった。それが母の求める愛とはズレていたのかもしれないが、まったく愛がなかったとは思えない。むしろ、歪んだ愛で母を翻弄して楽しんでいたふしがある。

そういう意味では、母は哀れな女だった。

だが、これまでの所業を振り返ると、母に同情などできない。ここまで母を狂わせた父にも、反吐が出る。

「それにサインしてください。そうすれば、あなたを法的に訴えることはしない。僕も交換条件を守ります」

新しい念書とペンをテーブルに置く。母は渋々といった様子でペンをとった。

父の身代わりにしていないと言いながらも、交換条件に惹かれたのだろう。正直、鳥肌が立つほど気持ちが悪い。母の思惑に屈することにはなるが、それで涼乃を守れるのだ。泉の嫌悪感には蓋をする。

今後は、母と会わないように暮らせばいい。そういう生活が可能な仕事だ。あとは母が寿命で亡くなれば、泉は自由になれる。それまでの辛抱だった。

だが、母がサインをする前に、突然、念書を奪われた。

「待ってください。私は泉さんと別れるつもりがないので、それにサインは不要です！」

顔を上げると、そこには怒った顔の涼乃が立っていて、手にした念書を真っ二つに裂いたのだった。

「お姉ちゃんさ、こんなとこで油売ってないで、腹割って話し合ってきたほうがいいと思うよ」

妹の言葉に、涼乃はノートパソコンから視線を上げた。デスクトップパソコンに向かってマンガを描いている妹の横で、最近溜め込んでしまった帳簿付けをしている最中のことだった。

「……突然なに？」

パソコン画面に向かったまま、妹がスタイラスペンを回して呻《うな》る。

「マメなお姉ちゃんが、ここ数か月、私の帳簿付けを溜め込んで休日や会社帰りにイズミさんとデートしてたわけじゃん。それが長期の出張から帰ってきたら、急に出かけなくなって私の部屋で帳簿付けしてるんだから、なんかあったと思うわけよ」

痛いところをついてくる。しかも「普段はそんなに帳簿付けに時間かからないよね。のろのろやってるのも不審すぎる」と追い打ちをかけてきた。

泉と会わなければ、涼乃の余暇の過ごし方なんてこんなものだ。以前に戻っただけである。けれど帳簿付けが遅いのは事実で、領収書を見つめたまま考え事をして手が止まるからだった。

「別に……デートじゃないし、陽菜乃が思うような関係でもないから」

あの最後のデート以来、泉とは会っていない。なにかあったときのために連絡先はお互いに削除していないが、彼からのメッセージはなかった。こちらから送るのもはばかられ、既読がつかなかったらと思うと、怖くてなにもできないでいる。

「じゃあ、デートじゃなくてイズミさんと会ってたってことにしようか」

妹が、回転椅子をこちらへくるりと向けた。

「これはマンガ家の私からのアドバイスなんだけど。キャラがとっとと腹割って話し合えば、ほとんどのマンガは三ページで終わるの」

「なにそれ、格言？」

「違う。私がマンガを作成しているときの本音。話し合えば即終了するけど、それだとマンガにならないから、読者も納得する話し合えない理由をでっちあげて誤解させ、すれ違いさせ、こじらせる。そうしないと物語が出来上がらないけど、現実はとっとと話し合わないと、すれ違ったままハッピーエンドにたどりつけなくなる。だから自分にとって大事な人で、関係を続けたいと思うなら即話し合いをしろってこと」

弄んでいたペンで、びしっと涼乃を指す。

「創作物はすれ違ってもハッピーエンドになることが多いからさ、それ見て現実を混同して、行動起こさないで不幸になることもあるんだよね。マンガみたいに、仲直りできるイベントなんて都合よく発生しないから。自分でイベントを作らないといけないの」

なんだか俯瞰《メタ》的な話をされているが、言いたいことはわかる。

「もーさー、毎回なんで他人の、しかも非実在キャラの恋愛でこんなに悩まないといけないのって気分になるのよ。自分の恋愛もエッチも結婚もまだだっていうのに！」

うがーっ、と変な雄叫びを上げて妹が頭を抱える。

妹は男性同士や男女ものの成人向け恋愛マンガを、描いている。経験もないのに描けるのだから、才能なのだろう。純粋にすごいと思っていたが、そんな悩みがあったのは意外だ。

「で、そういうわけだからさ。話し合いしてきて。ずっとここにいられると、気になって仕事に集中できないんだよね」

そう言われ、家から追い出され涼乃がまず向かったのは、泉のマンションだった。涼乃も、このまま泉と疎遠になりたくない。もう一度、顔を合わせてきちんと気持ちを伝えたいと思いながら、その勇気がなかった。妹に背中を押されてここに来た。

けれど連絡をとって「会おう」と誘っても、ＯＫしてもらえる自信はない。断られたら、もうそこで試合終了。次はないと思った。

それなら直接会いにいくしかない。だが、マンションの前まできて躊躇した。インターフォン越しに来意を伝えて、そこで拒絶されたらお終いだ。マンションにまで押しかけてきて、怖いと思われるかもしれない。

どうしようと、近くの公園で悶々と悩んでいたら、泉がマンションから出てきた。これなら直接話しかけられると立ち上がったが、待ち伏せしたと思われたらやはり気味悪がられるのではと考え、声をかけられず後をつけることになった。偶然の振りで顔を合わせられないかとうかがっているうちに、泉が電車に乗った。涼乃も隣の車両に飛び乗り、気づいたらこのファミレスがある駅で降りていた。

駅の近くのファミレスに入っていく彼を見て、これなら偶然を装えるとひらめいた。近くの店に用事があって、休憩がてらファミレスに入ったらたまたま泉がいたという設定だ。

よし、と気合を入れて入店し、席を案内する店員に我が侭を言って、泉の近くのボックス席を指定した。空いている時間帯だったので、すんなり要望は通った。

ドキドキしながら、彼の席へ向かう。目が合ったら声をかければいい。そう思ったのに、泉は真剣に一枚の書類に目を落としていて、涼乃にまったく気づかなかった。自分から声をかけようか迷っているうちに、彼の前を通り過ぎて席に座っていた。

まさか目の前を通っても気づかれないとは思わなかった。それほど重要な書類なのだろう。もしかしたら、これから誰かと会うのかもしれない。出版社との打ち合せで、あれは契約書だろうか。ならば邪魔するわけにはいかない。

今日のところは間が悪かったと思って、泉に気づかれる前に店をでようと思っていた。そこに、彼の母が入店してきた。

驚いて心臓が嫌な感じに跳ねた。恐らく、泉は彼女に会うつもりなのだろう。ここで彼女が涼乃に気づいたら、面倒なことになりそうだ。

思わず身を低くして、席の奥のほうに移動した。ちょうど店の出入り口からは見えにくい角度で、背もたれは頭の上まである。通路側に観葉植物もあったので、彼女に見つかることはなかった。

すぐに背後で、挨拶を交わして会話が始まったのだが、泉の声が今まで聞いたこともないほど冷たい。母親への対応も、恐ろしく冷淡だ。

こんな調子で話しかけられたら、涼乃なら立ち直れない。胃が痛くなってきた。契約がない今、後をつけていた事実を知られたら、自分もこういう態度をとられるのかもしれない。ますます、見つからないようにしなくてはと、身を縮めた。

背中越しに、泉の硬い声が聞こえてきた。

「……こちらの念書にサインしてもらいたい……」

あの書類は念書だったらしい。どんな内容なのだろうと耳を澄ましていたら、母親がヒステリックに喚き始めた。「あの女」と憎々しげな声に、涼乃のことだろうと予想がついた。どうやら、自分が関係する念書らしい。

紙が裂ける音がしたので念書を破ったのだろう。そのすぐあとに、泉が新しいものを出してきたのには笑いそうになった。

話は、涼乃が告訴をしようとしたが泉が止めているという内容だった。まったくの嘘だが、脅しとして母親には効果があるようだ。顔は見えないけれど、黙りこくった彼女から緊張感が伝わってくる。

しかも涼乃に嫌われてしまい、二度と会うことはないと泉が言う。

なぜそんな嘘をついたのかと困惑していると、母親の声が嬉しそうに弾む。けれどすぐに激高した。

「別れたのに、こんな念書を作って守りたいほど、あの女のことが好きってことじゃないっ！」

どす黒い感情にまみれた声が、胸に突き刺さる。けれど痛みや不快感は一切なくて、代わりにじわじわと顔が熱くなってきた。

そうか。さっきの嘘も念書も、涼乃を守るため。そのために、母親と話し合いの場をもうけたのかと思うと、胸が疼いて顔を上げられなくなった。

両手で頬をおおって、テーブルに突っ伏す。もう契約も終了して他人に戻ったのに、こんなに大切にされている。今もまだ涼乃へ誠実さを向けてくれている泉に、気持ちが抑えられない。

今すぐに好きだと、はじめからやり直したいと告げたかった。

「……はっきり言って、気持ちが悪い」

涼乃が悶えている間にも話は進み、泉の嫌悪感も露わな低い声にはっとする。彼は母親と会うのが怖いのかと思っていた。けれどそうではないらしい。

話を聞く限り、泉の母は息子に執着している。それも親としての愛情を逸脱するような愛だ。けれどそこに息子への愛情は欠片もなく、夫の身代わりとしての歪んだ愛。

そんな愛をそそがれていたら、嫌悪を抱いても仕方ない。泉が妙に自信を持てなかったり、女性が苦手だったりするのは、この母親のせいだろう。

しかも父親は、あの日本画家の貴光だというではないか。彼女の年収の数字が高かったのも頷ける。あれは夫が亡くなったことによる遺産収入なのだろう。そう考えると、驚くほど多くはない。しかもあれは、税金も引かれていない金額だ。

会社に貼ってあったポスターの美人画を思い出す。思わず声を上げそうになって、口を手で押さえた。

　画集の表紙にもなったポスターの女性。あれは泉の母親の若い頃だ。既視感はそのせいだったらしい。それと、塗りや絵の雰囲気がどことなく泉と似ていた。会社に置いてあった画集も開いて見た。風景画や静物画もあったが、美人画が多く、どれも精緻な美しさと色気があった。そういうところも泉と共通している。

　そういえば泉の母をモデルにした美人画が多かった。他のモデルは若いのに、彼女だけは若い頃から中年期まで描かれていた。なぜ彼女だけ複数枚あるのかと思ったが、妻ならば納得だ。あの画集に載っていなかっただけで、最近の彼女の絵もあるのではないだろうか。

　線の繊細さや色彩の美しさ。光りの表現の秀逸さ。どれをとっても、彼女の絵だけ群を抜いて優れていて、貴光の妻への深い愛情を感じた。

　そう、泉の描く涼乃のイラストにも通じるものがあった。

　胸にじんわりと蜜のような甘さが染みていく。会ってくれないかもと、心配する必要はなかったのだ。言葉はなくても、泉の気持ちは形としてずっと目の前にあった。

「それにサインしてください。そうすれば、あなたを法的に訴えることはしない。僕も交換条件を守ります」

　甘い気持ちに浸っていられたのは、そこまでだった。ペンと新しい念書が置かれる音に、すっと血の気が引いた。

これに彼女がサインをしたら、泉は二度と涼乃に会おうとしないだろう。短い間だったけれど、彼の誠実さと無駄に頑固な面を知っている。絶対に阻止しなくてはならない。

あんな声で母親に「気持ちが悪い」と言ったのに、涼乃を守るためだけに自分の一生を犠牲にするつもりの泉を放っておけない。それに涼乃にも関わる話なのに、一人で勝手に決めないでほしかった。

妹の言う通り、現実は一度すれ違ったらハッピーエンドにたどり着けなくなる。だから早急に話し合わないといけないのに、ぼんやりしていた自分にも、勝手に念書を作った泉にも腹が立った。

涼乃はボックス席から飛び出すと、母親の手から念書を奪って破いた。

「待ってください。私は泉さんと別れるつもりがないので、それにサインは不要です！」

「……涼乃さん？」

泉がぽかんとこちらを見上げる。その瞳の中に、涼乃への嫌悪感がないことに安堵した。むしろ、どこかほっとしているようにも見える。

「ちょっと、どういうことよっ！　ずっとそこに隠れて、私を騙すつもりだったのねっ！」

なにか勘違いした泉の母親が、涼乃の腕を乱暴に摑んだ。

「最初から念書の交換条件なんて守るつもりもなかったんでしょう！　アンタね、アンタが私の泉をそそのかしたのね！」

「違います。私が泉さんをストーキングしてここまできただけで、彼はなにも知りません。

私も念書のことは、ここで盗み聞きして知ったばかりです」

「えっ……ストーキング？」

泉が困惑した声を上げるが、それにかぶせるように母親が喚いた。

「なんて危ない女なのっ！　しかも盗み聞きですって、品性のないっ！」

「こういう場でギャンギャン騒ぐあなたも品性がありませんし、息子を夫の代わりにしようとする母親よりは安全だと自負しておりますが、なにか？」

ぎりっと殺意のこもった目を向けてくる母親をにらみ返し、鼻先で笑う。それに煽られた彼女が、腕を振り上げ摑みかかってきた。

だが、涼乃と彼女では体格が違う。小柄な母親に比べて、涼乃は長身で女性にしては体格がいいほうだ。リーチも違うし、座っている彼女と立っている自分では、重心も有利だった。

伸びてきた手首をとっさに両手で摑み、中腰になっていた彼女に上から体重をかける。叫び声を上げて席に逆戻りし、勢いでソファの上に転がった。腕を痛めたのか、涙目で震えている。年齢的にも骨がもろくなる頃だろう。どう考えても、肉体的に涼乃とやりあうのは不利だと悟ったのか、ソファの隅のほうへと後ずさった。

「なんなのなんなのっ！　乱暴女！　訴えてやる！」

「どうぞご自由に。こちらも、あなたを告訴させていただきます」

泉から被害届を提出するよう勧められたときに、そうしていればよかったのだ。そうすれば泉は、こんな女と関わって無駄に嫌な思いをしないですんだ。変な気をつかった涼乃が馬鹿だった。

「今のだって、先に摑みかかってきたのはあなたですよね。目撃者もたくさんいます。うちの周辺をうろついていたのも、防犯カメラに映っているんですよ。脅迫状だってとってあります。指紋を調べれば、あなたが犯人だと判明しますね」

脅迫状は一通しか残っていないし、どこまでが証拠として適用され、どれだけの罪に問えるかはわからない。だが、彼女ははったりでも泉の脅しに動揺していた。

彼女の頭上の数字を、ちらりと確認する。たしかに金額が多くて、これを初めて見たときは驚いた。けれどその前に見たときには、彼女の年収はゼロだった。遺産以外では、まともに収入もないのだろう。もしかしたら借金もあるかもしれない。

ぼそりと、彼女の年収を口にする。ぎょっとしたように、泉と母親がこちらを見た。

「その程度の遺産で、裁判沙汰になったら困るのはそちらではありませんか？　遺産なんて一時的な収入です。画集の印税収入だって、永遠にあるわけじゃない。ましてあなたは、自力では稼げないようですし。老後をなんの心配もなく幸せに過ごしたいなら、大人しくしているべきですよね」

ついでに泉の今年の年収もぼそりと呟く。「え……なんで知って？」と泉から驚愕した声が漏れた。

「今のは、泉さんのだいたいの年収です。遺産に比べたら少ないですが、毎年これだけ稼ぐ彼と本気でやりあったら負けるのはあなたですよ。優しい泉さんが見逃してくれているうちに、身の振り方を考え直したほうがいいと思いませんか？」

薄っすらと笑みを浮かべて告げると母親は青ざめ、バッグを手にして涼乃を避けるようにソファ席を立った。

「今日は帰るわ。私の泉をたぶらかして……アンタだけは許さないっ」

「違います。あなたのではなく、私の泉さんです」

捨て台詞を残して去ろうとする母親の背中に、そう言い放つと「へっ、涼乃さんの？」と泉の裏返った声が聞こえた。振り返ると彼の顔は真っ赤で、目が泳いでいる。

涼乃は動揺している彼の隣に素早く腰掛けた。

「実は、話し合いたくて泉さんをストーキングしました」

「え……そうなの？　って、なんで隣に？　狭いので、そっちに座って……」

「逃げられたら困るから、退路を塞いでるんです」

向かいの席を指さす泉にそう返すと、さらに動揺がひどくなった。このまま押し切ったら、恋人になれるかもしれない。そんな欲望が首をもたげたが、強引なのはいけない。別荘で関係がぎくしゃくしたのを思い出す。

「えっと……あの、好きです」

最初になにから話せばいいかわからなくて、ぱっと思いついたまま言葉にした。言ってから恥ずかしさが込み上げてきて、泉から視線をそらす。

「……好き？」

「そのままの意味で、恋愛対象として好きです」

勘違いされそうな気がして、意思を明確にした。まるで子供の告白だ。つたなくて恥ずかしくなるけれど、これをまず伝えなければなにも始まらない。

けれど泉から返事がなく、恐る恐る彼を見上げると、硬い表情で視線をテーブルに落していた。

「それは、なにかの間違いでは？　もう母はいないので、かばってくれなくても大丈夫です」

彼女の告白をにわかには信じられなくて、泉の口から否定の言葉がこぼれた。

母とやり合っていたときの言葉も、困っている泉を助けただけで、本心からではないはずだ。勘違いしてはいけない。

「恋人とうまくいってなくて、僕のところに戻ってきたのかもしれませんが、もう契約を結ぶことはありません。母のことも、迷惑がかからないようにします」

好きと言われ、正直嬉しくて舞い上がった。けれど、彼女には恋人がいる。恋人と別れた可能性もあるが、それですぐに泉のところへきたのなら、それは恋人の代わりがほしいからだ。もう誰かの身代わりにはなりたくない。

少しでも涼乃を見てしまえば、ひどいことを言ってしまいそうで、拒絶するようにじっんだ。


とテーブルをにらんだ。

「私も、契約はもう結びたくありません」

ひゅっと息をのんだ。やはり期待しなくてよかった。再契約の話でないなら、なぜ会いにきたのだろう。好きだと言う必要もわからなくて、膝の上に置いた手をぎゅっと握り込んだ。

彼女を傷付けたくないのに、胃の底にどろどろとした感情が渦巻いている。けれど、次の言葉でそれが一瞬にして消し飛んだ。

「それに恋人はいません。あれは全部、嘘です」

どういうことだ。思わず目を見開いて彼女のほうを見ると、視線がからまった。

「信じてもらえないかもしれませんが、私は処女です」

空気が固まる。彼女はなにを言っているのだろう。理解が追いつかなかった。

あれだけのことをしておいて、処女。そんなはずがない。いや、泉もあれだけのことをしておいて童貞だ。絶対にないとは言いきれない。

ここ最近の願望が幻聴として聞こえているのだろうか。

唖然としていると、涼乃が恥ずかしさに耐えるような悩ましい表情で、高校のあの事件以来、男性が苦手だったと話し始めた。恋人を作ったこともなければ、性経験もないと言う。

「……別荘地での旧校舎見学のときや、松崎に手を摑まれたときの反応でわかったと思いますが、私は男性に触れられるだけで気分が悪くなるんです。大丈夫なのは、泉さんだけでした」

「え……なんで僕？」

「泉さんは、強引じゃないから。押しつけられたり強制されることもなかったし、触る前に聞いてくれるでしょう。それに契約を結んで、事前にどんなプレイをするかわかってて、セーフワードも決めた。だから怖くなかったんです……私が、自分で選択した結果だから、受け入れられたんです」

　都合がよすぎる。望んでいた言葉ばかりが聞こえてくるので、やはり幻聴な気がする。もしかして、この涼乃自体が幻覚なのではないか。

「そ、そうなんですか……だけど、ほんとに処女？」

　なにかの間違いだと思いつつも、確認をとってしまう。頬を染めて頷く彼女に、もうそれが真実でいいではなかいかと、なにかが耳元で囁く。

　正気になれと言い聞かすが、頭は勝手に様々なプレイの記憶を再生する。あんな大胆に乱れて、誘うようなことをしておいて処女。まだ、誰も受け入れていないというのか。

　やっぱり信じられない。けれど信じたい。

「嘘だ。そんな……だけど、えっ？　待って……」

　脳裏を駆け巡るプレイ中の涼乃の姿に、心拍数も頬の熱も上がってくる。あれで未経験だなんて、今の泉の性癖をダイレクトにえぐりにきている。

「……エッチすぎるっ」

耐えられなくなり、頭を抱えてテーブルに突っ伏す。人に見せられないような顔をしているだろう。耳の先まで、じんじんと熱い。

しばらくそうして悶えていたが、はっとして身を起こす。

「待ってください……そもそもなぜ、恋人がいるなんて嘘をついたんですか？　それから、嘘をついてまで僕とあんな関係を持とうとする意味がわからない。なにかの宗教勧誘ですか？　涼乃さん個人にならお布施してもかまいませんが……」

処女という衝撃ワードのせいで、話にところどころ矛盾と穴があるのを流してしまうところだった。これはやはり、新手の壺《つぼ》や絵画を買わせる詐欺だろうか。涼乃個人になら、いくらでも支払いたいところだが、即座に釘を刺された。

「お布施はしないでください。宗教勧誘ではありません」

ぴしっと手で制してくる涼乃に、肩を落とす。もう契約を結ばないなら、せめて課金したかった。課金するような手の届かない存在なら、あきらめられると思ったのだ。

けれど涼乃は、泉が想像もしていなかった話を始めた。

「恋人がいると嘘をついたのは……泉さんの性癖のせいです。恋人がいたほうが嬉しそうだったので、言い出せなくなったんです。それと処女でいたかったので、その理由付けに恋人をでっちあげただけでした」

嘘をついたのは、泉の寝取られ趣味のせいだったらしい。言っていないが、処女も性癖にあるので問題ない。そもそもあの時点でなら、涼乃だったらどんなジャンルでも興奮した。ミューズとして崇拝しているだけで、誰にも渡したくないと思うほど執着はしていなかったのだ。

よけいなことで悩ませてしまって悪かったと思っていると、三十歳まで処女童貞だったら特殊能力が目覚めるという都市伝説を知っているかと質問された。その特殊能力によって涼乃は、人の頭上に年収の数字が見えるようになったそうだ。

そうなのか。そういうこともあるのかと静かに聞いていると、信じるのかと問われた。正直、処女より信憑性《しんぴょうせい》がある。母が相続する遺産を正確に言い当てていたのだ。それから泉の年収も、おおよそ間違っていない。フリーランスなので不確定だが、なにも問題がなければこれくらいだろうと泉が思っていた年収額と変わりなかった。

そういうわけなので、嘘だとは思えないと返すと、こわばっていた涼乃の顔から力が抜けた。

それから涼乃は、誕生日の朝に起こったことから順を追って聞かせてくれた。人の年収が見えるようになったこと。お金が好きで、下世話だが他人の年収を見られるのが楽しくて婚活していたこと。そこで泉に出会って、頭上の年収が涼乃との接触で変化することに気づき、もっと数字を上げたくなったこと。

「……それで、初めて泉さんに触られたとき気持ちよくて……その上、年収が跳ね上がるのを見て嬉しくなってしまって。もっと見たくて、いろいろ大胆になって体を許してしまいました」

顔を真っ赤にした涼乃が、目をうろうろさせる。さすがに恥ずかしかったようだ。額に薄っすら汗までかいている。

こちらまで釣られて、恥ずかしさが込み上げる。

そうか、気持ちよかったのか。

感じていたことまで告白され、頬が熱い。もう嘘でもいいから、処女だということを信じたい。信じよう。

にやけそうな口を押さえていた手が、震えていた。甘いむず痒さと羞恥でどうにかなってしまいそうだ。

「でも今は、年収なんてどうでもいいから、泉さんとずっと一緒にいたい。それから初めては、あなたがいい」

勇気のいる告白だったのだろう。涼乃が目を涙で潤ませ、すんっと鼻を鳴らした。泣きそうなのを耐えるように、唇をきゅっと噛む仕草まで、なにもかも愛しい。

いつも凛《りん》として美しい彼女が、泉の返答に怯えながらも待ちわびている。この憂いの表情を描き留めたい。

もう事実なんてどうでもいい。すべてが嘘だとしても、もう泉は彼女から逃げられない。執着を捨てることだってできない。

真っ赤になった顔を両手で覆い、頭を下げた。

「参りました！」

泉の負けだ。完敗だ。これから先、騙されて骨の髄まで搾り取られてもいいどころか、搾り取って頂きたい。

「あの……寝取られにならないけど、いいですか？」

まだそこを不安に思っていたようだ。問題ないと頷いて、泉は拳を握った。

「もちろんです。ご褒美ですっ！」

よかったと溜め息をつく涼乃の横で、深呼吸する。胸のあたりで熱がぐるぐるしている。叫び出したいのを我慢して、呼吸と気持ちを整えた。

「……本当に、僕でいいんですか？」

涼乃からの告白を断るという選択肢はないが、少し頭が冷えてくると、涼乃の幸せがそこにあるのか心配になってきた。泉は、絵を描くこととお金以外に長所はない。母という面倒な身内まで抱えている。

「僕は気弱で、さっきのを見ていたらわかると思いますが、母一人どうにもできない。これから涼乃さんに迷惑をかけるかもしれない。昔からヒステリックに怒鳴られれば、体が震えてしまうし、うまく言い返せなくなる。最近は、少し反論できるようになったけど、それでもやっぱりまだ母が怖い。僕は母からあなたを守る自信がありません」

母と話しながらぎゅっと拳を握るのは、震えているのを止めたいからだ。掌に食い込む爪の痛さで気をそらしている。

「恥ずかしいでしょう？　男なのに。こんな歳になっても、怖いんです。僕が弱いから……」

情けなくて、視線が下を向く。震えそうな手を握ろうとすると、涼乃の手がその上にそっと重なった。

「違います。泉さんのそれは、弱いんじゃなくて弱っているだけです」

顔を上げると、慈愛に満ちた涼乃の目と、目が合った。

「私がつらかったとき、家族が寄り添って支えてくれて、私の代わりに学校や加害者と戦ってくれました。おかげで私は立ち直れた。でも、泉さんにはそういう人が傍にいましたか？」

いなかった。友達は一時的に住む場所を提供してくれて、仕事も紹介してくれた。けれど母親のことで親身になってもらった記憶はない。自分も立ち入らせようとしなかったし、相談もしなかった。恥ずかしくてできなかった。

親戚に相談しても笑われた。母親に可愛がられているのだなと、真剣に相手にされず、気にしすぎたと、泉がなにを言っても信じてもらえなかった。

祖父母も、息子のお前がもっとしっかりして、父に捨てられた可哀想な母親を支えるべきだと、泉を責めた。誰のおかげで、そこまで稼げるように育ったのかと言いつつ、泉の仕事を卑しいと馬鹿にした。

まとまったお金ができるまでは、母から逃げ隠れし、なにを言われても耐えるだけだった。やっと弁護士に相談できても、戸籍の閲覧を制限して、どこに住んでいるのかを隠せただけだ。それも泉の仕事相手を割り出し、打ち合わせにいった出版社から後をつけられれば、居場所は簡単にバレた。結局、高額な家賃を支払って、セキュリティの高いマンションに引きこもるぐらいしかできなかった。

「味方になってくれるはずの家族はあてにならないどころか、敵じゃないですか。そんな状態で一人で戦いながら、きちんと働いて、たくさんの実績も残してきましたよね。しかもこんなに稼いでる……」

涼乃の視線が、ちらりと頭上に向く。

「そういう人を弱いとは言いません。私には頑張りすぎて、弱っているようにしか見えません」

重なった手から体温がにじんでくるように、涼乃の言葉が胸にゆっくりと染みてくる。

「……ありがとう」

どうにか絞りだせた言葉は、涙に震えていた。ずっと誰かに、こうやって受け止めてほしいと望んでいた。叶《かな》うなんて思っていなかった。

「こういうことに、男女なんて関係ありません。男だから強いとか、誰とでも戦えるわけでもない。だから泉さんの母親とは私が戦います」

ぽろりとこぼれた涙を、涼乃の指先が拭う。

「私に、あなたを守らせてください」

涼乃が力強く笑う。ずっと抱えていた、男なのに弱い自分という思い込みが崩れていく。もう一人で耐えなくていいのだ。弱っているだけで、弱くもなかった。

伸びてきた腕に抗うことなく抱き寄せられ、その柔らかい体にすがる。自分も誰かに守られていいのだと、初めて知った。

ここまで言ってくれた涼乃に、自分はなにを返せるのだろう。彼女を守ることはもちろんだが、母との戦いではそれも自信がない。戦えなくてもできること。自分がしてほしかったこと。ずっと求めていたものが、するりと口をついて出た。

「なら僕は……なにがあっても、あなたの言葉を信じて味方でいます」

エピローグ

「いやぁ、結婚おめでとう。そして、ありがとう。これからも末永く、イズミさんをよろしくお願いします。これでイズミさんの才能も安泰です」

涼乃の手を両手で握って、ぺこぺこと頭を下げるのは少し酔いの回った中園だ。今は、披露宴の歓談時間で、隣に座った泉は大学時代の友達に囲まれて写真を撮っている。さっきまでは、その輪の中に涼乃もいた。

「絶対に、佐田さんと相性がいいと思ってたんですよ。飲みの席をセッティングしようかと提案したんですが断られて、でもまさかイズミさんから婚活しに行くとは思わなかった」

「なに言ってるんですか。私の婚活のことを泉に話したの、中園さんだって聞いてますよ」

ああ、バレてましたかと頭をかく彼に、思わず笑う。

「ちなみに、姉に婚活を勧めたのは私です。お互いにキューピッド役でしたね」

マンガの資料になると、さっきから涼乃の髪型やドレスを接写で撮影していた妹が、横から会話に入ってくる。

「妹さんの勧めだったんですか。面白い出会いというか再会もあるものですね」

さすがに頭上の年収見たさだったとは言えなかったが、あの婚活パーティーがなければ泉との縁は繋がらなかっただろう。

「マンガのエピソードに使えそうな出会いですよね。妹さん、これでなにか描いてみたりしませんか?」

中園は成人向け担当の編集だ。妹がジャンル違いではないかと突っ込むと、女性誌の担当を紹介すると言い出した。興味があるのか、妹が中園の話に真剣な顔になり、頭上の数字が上下し始めた。

実は、涼乃はまだ処女だった。頭上の数字も相変わらず見えている。

想いを告げ合ったあと、すぐに繋がることはできた。けれどせっかくだから、結婚するまでとっておこうという話になった。最後までしなくても、体を重ねる快感は互いに知り尽くしている。それで充分、我慢できると思ったからだ。

けれど実際、両想いになってから肌を合わせると、前よりも感じて興奮し、早く繋がりたくなった。我慢するほどその熱は高まって、最後までできないことが快感の燃料になり、そういうプレイをしているみたいだった。

やっと今夜、結ばれることができる。まだ披露宴の最中だというのに、夜のことを想像して、とくんっと下腹部が疼く。腹を押さえてうつむくと、火照った吐息がもれた。

「涼乃……少し、疲れた?」

友達から解放された泉が、心配そうに涼乃をのぞき込んできた。

「ううん、大丈夫。ちょっと食べすぎちゃったかも」

披露宴の主役である二人が食事をする暇はほとんどないが、スピーチや電報の読み上げの間に、ささっと食べてはいた。

「ああ、ウエストを締め上げてるからね。僕の我が侭でごめん……」

「気にしないで、私もこのドレス気に入ってるし」

当初、結婚式はしないつもりだった。涼乃はそういうことにあまり興味がなかったし、お金もかかる。ウエディングドレスへの憧れもない。

それと泉には呼べる身内がいない。母親に居場所を知られたくなくて、彼は親戚との付き合いも絶っていた。友人や仕事関係できてくれる人はいるだろうけれど、涼乃側の列席者との違いに気まずい思いをさせるかもしれない。

涼乃の家族もなにも言わなかった。結婚をあきらめていた娘が、過去を克服して恋人どころか、結婚相手を連れてきただけでもう充分という雰囲気だった。

けれど泉のほうから結婚式をしたがった。うちの両親のことなら気を遣わなくていいと伝えたが、彼はそうではなく資料として結婚式がしたいのだと言い出した。涼乃のドレス姿を描きたいのもあるが、それだけでなく、式場の内装やドレスの構造、式までの流れなどに興味があるという。

マンガで描くことがあるかもしれないので、なんでも資料として収集したいのだそうだ。結婚式など人生で何度もあるものではない。そのチャンスを逃したくなかったらしい。

そうなると、それまで黙っていた両親も結婚式をしてほしいと言い、妹は「私も結婚式の資料がほしい」と便乗した。涼乃が拒否できる流れではなかった。

ちなみに列席者については、泉が相談したら中園が親類枠で出席してくれることになった。デビュー当時から世話になっていて、実家のこともある程度知っているので身内みたいなものらしい。あとは泉が大学生の頃、母から逃げたり身を隠すのを手伝ってくれた友達を人数合わせで招待した。

「ドレスとかぜんぜん興味なかったけど、こうして着てみると悪くないね」

座ったまま、裾をちょんとつまんでレースやフリルを揺らして見せると、泉の目が眩《まぶ》しいものを見るように細められた。

「うん。すごく似合ってる。綺麗だ」

オフショルダーのAラインドレスは、涼乃の体のラインにぴったりと合っている。泉があとで構造や皺の出方などをじっくり見たいから、オーダーでもいいので購入してほしいと言われた。小物類ももちろんすべて購入した。

ブライダルインナーもきちんと揃えてほしい、お金は出すので数種類購入するよう注文され、選ぶときは一緒にカタログをのぞいた。

ドレスの試着にもしっかりついてきて、何着も着替えさせられ写真を撮られた。熱心な新郎さんで羨ましいですと店員に言われたが、熱心の方向性が違う。

ちなみに妹も便乗して試着についてきていた。こちらは自分が結婚するときの参考にと、嘘までついて。

　結局、何着も試着してセミオーダーすることになった。涼乃の胸が大きいので、どうしてもラインを綺麗に出そうとするとそれしかない。泉も綺麗に見えたほうがいいとこだわりを見せ、妹まで当然だと賛同した。二人とも自分のことには無頓着なのに、仕事柄なのかデザインに対するこだわりが強かった。

　面倒なので二人にお任せして決めたドレスだったが、けっこう気に入っている。結婚式も乗り気ではなかったが、やってよかったと思う。

「いい結婚式になったね」

　涼乃がしみじみとこぼすと、泉はくしゃりと表情を崩して笑顔になった。

「よかった。僕が式をしたがったから、無理させたかなって心配だった」

「私は興味なかっただけだから……両親が喜んでくれたからいいかな。それに私のためじゃなくて、泉が自分のしたいことをしたいって言ってくれたの嬉しかった」

　ファミレスでの一件から約一年がたった。

　あれから泉の母と弁護士を挟んで話し合い、脅迫や名誉棄損については示談ですませた。泉と涼乃、それからその家族に危害を加えるようなことをしないと念書も書かせ、次になにかしたら告訴して裁判で争う覚悟だと釘を刺した。

　他にも、彼女の親戚に今回の一件を弁護士から話してもらい、監視してもらうことになった。経営者一族なので、親類にそういった問題が起こると困るらしい。今までは、彼害にあっているのが泉だけだったので、内々で問題を処理できると相手にしてもらえなかったそうだ。自分の母のことなのだから、男なら自分でどうにかしなさいと突き放されていたのだ。

本当に泉には、頼りになる肉親の味方がいなかった。長年この状況なら、彼が自信を失くし内にこもってしまうのも仕方がない。

むしろきちんと仕事をして自活できているだけで素晴らしく、メンタルも強いと思う。その上、仕事で成功しているのだから、元々が優秀なのだろう。

今回の母親の所業は、涼乃が狙われた脅迫や名誉棄損。そこから松崎による脅迫も発生した。このまま放置して、涼乃だけでなく家族にも危害が加えられ事件に発展したらどう責任をとるのか。そう弁護士が、彼女の親戚を脅した。ちょうどストーカーによる殺人事件があったばかりで、それも影響したらしい。

今、泉の母は親戚の監視のもと大人しく暮らしているそうだ。こちらへ接触してくる気配もない。おかげで泉は、肩の荷が降りたように穏やかになった。

もともと穏やかな人だが、そこに落ち着きが加わった感じだ。余裕が生まれたのだろう。プレイに関しては、前から欲求を提示していたが、あれは仕事という建前と契約書があったからできたことだ。それがなければ、彼は涼乃の望みに従ってしまう面があった。きっとそういうふうに母親から躾られてしまったのだろう。

けれどもう、その母の呪いもなくなった。おかげで、知らない女性相手にガチガチに緊張することもない。

プランナーやデザイナー、ホテルの従業員には女性が多い。結婚式の準備で、彼女たちと問題なく会話し、中心になって式の準備を進めていったのは泉だった。あまりにも彼女たちと楽しそうに計画を立てるので、涼乃のほうが少し嫉妬をしたほどだ。

泉は涼乃の家族ともうまくやっている。両親は彼の複雑な生い立ちと母親の問題も含めて、泉を受け入れてくれた。うちの子になるのだから、頼ってほしい。娘たちと同じように息子として守りたいと言い、泉を婿養子にした。実家の籍から抜けたかった彼の願いを叶えてくれた。

イズミのファンである妹は、はじめから大歓迎だった。初顔合わせは、二人とも自身のサイン本を名刺代わりに交換していた。どちらも成人向けマンガで、相互でセクハラにならないのかと思ったら、事前にＳＮＳ上でほしい本を互いに指定していたという。知らぬ間に交流していたらしい。

「涼乃、ありがとう。全部、君のおかげだ」

伸びてきた泉の手が、ぎゅっと涼乃の手を握る。

「まだ不甲斐ないところの多い僕だから、これからもいろんなことを話し合って、一緒に幸せになっていきたい」

じんわりと温かくなった胸が、くすぐったい。

泉のこういうところが好きだ。気負わないというか、気負えない性格で、一方的に「幸せにする」とは言ってこない。勝手に自分の幸せを決められたくもなければ、相手にばかり負担をかけたくもない涼乃にとっては、彼のこういう素直さにほっとする。

これを頼りないと評する人もいるのだろうけれど、涼乃の信頼に応え続けてくれた泉は誰よりも頼れる味方だ。

「こちらこそ、よろしく。一緒に幸せになろうね」

自然とお互いに引き寄せられ、唇が重なった。拍手とはやし立てる口笛。シャッター音があちこちから上がる。

披露宴会場だと忘れていた二人は、ぱっと離れると、真っ赤になって笑い合った。

ホテルでの披露宴が終わり、着替えのすんだ泉と今晩泊まる部屋に戻ってきた。ホテル側が手配してくれたのは、夜景の美しいスイートルームだった。

涼乃はまだウエディングドレスのままだ。

「今から少しスケッチしたいけど、大丈夫？　疲れてない？」

泉に手を引かれて部屋に入ると、まずそう聞かれた。

「そのつもりで脱いでないんだけど？」

小規模ウエディングだったので、時間もそんなに長くなかった。お色直しもしなかったので、まだ体力はある。

「どんなポーズがほしいの？」

ウエディングドレスの裾をつまんで、くるりと回る。たくさん重ねたレースとパニエがふわりと舞う。

「じゃあ、まずは座ってくれる？」

泉の指定でソファに腰かけ、ひじ掛けに頬杖《ほおづえ》をついた。向かいに座った泉が、スケッチブックと鉛筆を出して、さらさらと描き始める。

このあとのことを考えると、鉛筆の音を愛撫のように感じる。描かれている間に、じわじわと体の準備をされていくようだった。

「涼乃……次はベッドに移ってほしい」

何回かポーズをとったあと、手を引かれてベッドの前まで連れてこられる。

「後ろを向いてくれる？」

くるりと背を向けると、大きな窓から夜景が見えた。泉が、編み上げになっている背中のリボンをほどいていく。胸元の締め付けが緩んで、ほっと息を吐くと、ちゅっとうなじにキスされた。

「んっ……泉？」

後ろから腰に腕が回り、ちゅっちゅっと肩口や背中にキスが降る。外の暗さに対して、部屋の中は泉がスケッチしやすいように明るい。外から見えてしまわないだろうか。

腰までリボンをほどくと、泉の手がドレスの前を引き下げ、ビスチェに包まれた胸をやわやわと揉む。

さっきまで啄むようなキスだったのが、今は吸いついて痕を残していく。軽く歯も立てられ、甘い声が漏れた。

「はっ……んぁ、あぁっ……もっ、描かないの？」

見ればスケッチブックも鉛筆も、遠くのテーブルに放置されている。

「今は、先に涼乃が欲しい」

そういえば初夜は、ウエディングドレスを脱がせたいと言われていた。

ずくんっと子宮が疼いて、期待で脚の間が濡れてくる。

「しても、いい？」

耳朶を甘噛みされ、囁かれる。くすぐったさに首をすくめた。

やっと今夜、結ばれる。胸が高鳴り、息が上がる。

事前に、どう抱き合うかも話し合っていた。プレイをしていたときと同じだ。契約はなくなったけれど、今もそうやって体を重ねている。企画書を提出するほど細かくはないけれど、少しでも特殊なことがしたい場合は、お互いに「してもいいか」と確認をとる。涼乃もそのほうが安心だったし、セーフワードも健在だ。

今夜は、普通に初夜を迎える予定だ。こったプレイはなにもない、素の二人で向き合う。

「涼乃、いい？」

返事がなければ進めないつもりなのだろう。じれたような熱のこもった声で、また聞かれる。

「うん。私もしたい」

身をよじって振り返ると、唇が重なった。軽く啄まれ、唇を舌先で撫でられる。受け入れてほしいという合図に、涼乃もちろりと舌先をのぞかせた。

「んっはぁ……ぅんっ、すき」

舌がからまり入ってくる。思わずこぼれた告白を、キスと一緒にのみ込まれた。

体をくるりと反転させられ、口付けながらビスチェの背中のホックが外されていく。こぼれ落ちた乳房を泉の胸に押し付け、首に腕を回す。濃厚になる口付けにうっとりしていると、いつの間にかベッドに横たえられていた。

手際がいい。学習能力が高いのか、何度も体を重ねるうちに、泉はどんどん手慣れていった。他の男性を知らないので比べられないけれど、涼乃が気づいたらベッドに移動していたり、服を脱がされている。そこに他の女性の影がないことが嬉しい。

涼乃のために変わった彼が愛しくて、泉のために自分も変われていたらいいなと思う。

くちゅり、とキスの名残りを引いて唇が離れると、首筋を吸い上げられた。甘い痛みが、痕を残しながら鎖骨や脇へと移動する。

「ひゃぁ……だめ、そこ……ッ」

泉の鼻先が脇の下をくすぐる。式が終わってそのまま部屋に帰った体は、しっとりと汗をかいていた。シャワーもまだで、臭いかもしれない。

思わず逃げようとするが、二の腕を押さえられ舌が這う。びくんっと身をすくめると、彼が恍惚とした溜め息を漏らす。

「駄目？　涼乃の匂いがするから、好き」

このまま進めたいと濡れた目で見下ろしてくる泉に、下腹部がきゅんと疼く。つい「いいよ」と返していた。彼が求めるなら、その通りにしたい。

「ありがとう」

泉は脇にちゅっちゅっと吸いついて、横に流れた乳房に歯を立てる。果実を齧《かじ》るように甘噛みして、舌でぴちゃぴちゃと舐める。

「ひぁッ……あぁンッ！　やん、そこ……あっ……ッ」

くすぐったさのあとから、淫らな疼きがにじんでくる。まだ触れられていない場所まで、じゅくじゅくと湿り気をおびる。スカートの中に入ってきた手が、ストッキングの上から太腿を撫でさする。

早く中心に触れてほしい。一年かけて愛撫された体は、もう今すぐにでも繋がりたいほど熟している。

「あんっ……あぁ、もっと触ってっ……ひっ、んッ」

奥までと言いかけたところで、乳房の硬くなった尖端を口に含まれる。じゅうっと吸われ、舌先と歯で弄ばれては、またしゃぶりつく。駆け抜ける快感に背中が震えて、嬌声が止まらない。

「あっあぁぁッ……！　やっ、それ……もっ、してぇッ……あぁぁッ！」

「どうしてほしいのか、それじゃわからないよ」

今日までお預けされ高められた体は感じやすくて、もう言葉を正確に紡げない。自分でもどうしたいのかわからなくて身悶えると、泉はもう片方の乳首を舌先で転がした。ちゅぱちゅぱと吸いついて、乳輪を舐める。ざらりとした舌の感触に、腰が浮く。放置されてる片方の尖りは、じんじんと痺れて痛いほどに快感を訴える。太腿を撫でていた手はその先へ進み、ガーターベルトの間に指を入れてくすぐってくる。

「んっ……もっ、ほしい……アアァッ……！　おく、さわって……ッ」

ちゅぷっ、と乳首を解放して体を起こした泉が、スカートをパニエごとまくり上げる。それを涼乃の腕に預けた。

「これ、抱えてて」

胸を寄せるように腕を交差させて、かさばる布地を押さえつける。唾液で濡れそぼった乳首が、乾いた布にこすれて新たな快感が生まれる。我慢できずに、布を硬くなった尖端にこすりつける。

「はっ、はぁん……んっ、んぁ……いずみぃ……ッ」

「自分でするの、すごくエッチでいい。好き。下もすごいね……びちゃびちゃだ」

興奮した声の泉が、ショーツの上から割れ目を軽く撫でる。それだけでも感じて、びくびくっと中心が痙攣して蜜があふれた。

そこに泉が顔を埋める。ぬるぬると舌が行ったり来たりして、鼻先が陰核を押し潰す。濡れたショーツ越しなのがじれったい。

「もっと……もっと、さわってぇ、んぁッあぁぁ……ッ、脱がしてっ」

腰をよじり訴えると、すぐにショーツを下ろされる。はあっと泉の乱れた息が、蜜にまみれた陰唇に吹きかかる。

「ひぁっあぁ、なめて……してっ、いっぱい」

ねだるように腰を揺らすと、陰唇と陰核を覆うように齧りつかれる。指で襞を押し開かれ、歯と舌と唇でぐちゅぐちゅに乱されていく。

「んんっ、あぁぁ……ッ！　あぁ、やぁ……ンッ！」

舌が襞を行き来して、ぷくっと膨らんできた尖りにしゃぶりつく。じゅっと吸い上げられ、震える中心を指で開かれていく。蜜があふれる入り口に、指先が浅く沈む。ぬぷぬぷとうかがうように出し入れされるだけで、中がきゅうっときつく締まった。

「ひゃあぁっ、ひぁ……もっ、入れて……ぇ、あンッ、ンッ！」

指が一気に根元まで侵入する。もう何度も、指や玩具を受け入れた場所だ。すぐにとろりととろけて、指にからみつく。もっと太いものをと貪欲に、膣が収縮する。

「あぁ……っ、はやく、はや……くっ。もっと、ほし……ッ！」

まどろっこしい愛撫など飛ばして、突き入れてほしい。三本に増やされた指でも物足りなくて、泉をせかすように腰をくねらせて欲しがった。

「僕も……もう、我慢できない」

体を起こして口元を拭った泉が、シャツを脱いでズボンのベルトを緩める。泉のそれは硬く起立していて、尖端から透明な液が滴っている。

もう見慣れたけれど、入ってくるのは初めてだ。今夜はゴムもつけない。

「……きて」

自ら脚を開く。ほぐされた膣が、くぱりと口を開け蜜を垂らした。そこに尖端が、ぬるりと触れる。

「んっ……！　あっ、あっ……ッ！」

ぐぐっと蜜口を押し広げる。指とも玩具とも違う、硬いけれど弾力のある肉の塊が、前後しながらゆっくりと入ってきた。

「あぅ、んんぐっ……！　ひっ、あ……ッ」

圧迫感に声が潰れる。とろけきっていたはずなのに、まだきつい。質量が指や玩具とは段違いで、呼吸が乱れる。けれど痛みはほとんどなくて、繋がってこすれ合う場所がじわりと甘く疼く。

中の締まりがきつくなると、泉が軽く腰を揺らす。ぬちゅぬちゅと出し入れされ、蜜がにじむ。そのすべりを使って、ずずっと深くまで泉が侵入してきた。

「もう少しだから、頑張って」

苦しんでいると勘違いした泉が、涼乃の目尻の涙を指で拭う。大丈夫と言いたくても言葉にならなくて、息を吐いて必死に蜜口を緩める。その瞬間、泉の腰がぐっと前にでた。

「ひっ、ぐ……ッ！　あっ……ひぅッ！」

ばちゅんっ、と濡れた音を立ててすべてが収まった。めいっぱい拡張された窜口が、みちみちしている。引きつれて、じんじんと疼いた。

「あ……はぁ……はい、った？」

「うん。痛くない？」

「……んっ、だいじょうぶ」

なんとか返事をすると、覆いかぶさってきた泉にぎゅっと抱きしめられる。入る角度が変わって、膣の奥をぐっとえぐられ声がこぼれる。

「んぁ……ら、めぇッ」

「ごめん。少し動かないでこうしているから」

「……やぁ、あぁ……ッ」

違う。そうではなくて、えぐられた奥がびくびくと震えている。気持ちよくて、舌が回らない。

泉の質量に慣れるまではと気を遣われているのだろうが、それどころではない。うねるような快感が、下腹部から全身に回っていく。

じっとしているだけなのに、ひくんっと膣が震える。陰核が腫れて熱を持っているような気さえする。じゅくじゅくと腹の奥に快感が溜まっていく。

「い、やぁ……あっ、あ……っも」

腰が揺れる。けれど泉に抱きしめられているせいで、あまり動けない。

一年間お預け状態だった体は、繋がっただけでもう限界だった。

小さな動きでも淫らな熱が増幅して、膣がびくびくっと勝手に痙攣する。

「ひっ、あっ……あぅッ、もぅらめッ」

「くっ……ちょっ、涼乃っ！」

きゅうっと締まる蜜口と中に、泉が呻く。快感を散らすように唇を噛み、眉根を寄せる顔が堪らない。

泉の形がわかる。中がさらにぎゅうっと、陰茎を絞る。それくらい膣がうねったあと、熱が爆ぜた。

「ひゃあっ、あぁっあっ、あっ……アアッ！」

ひくひくと膣が痙攣する。

「はっあぁ……やあっ、なに……これぇっ？」

「うっ……涼乃、いったの？」

絶頂をこらえた泉が、まだ動いてないのにとこぼす。その声の振動だけでも、中が震えた。

「もっ、やぁ……らめぇッ、アアッ！」

なにをされても気持ちよくて、絶頂感がすぐにきてしまう。

「よかった……動いても大丈夫そうだね。動くよ」

達したのではなく、快感を拾えるようになったと勘違いした泉が腰を揺らす。ゆっくりとした優しい動きだった。

けれど涼乃には強すぎる刺激で、電流のように快楽が体の芯を駆け抜ける。あっという間に、また上り詰める。息が乱れ、呼吸が苦しい。気持ちよすぎて頭がおかしくなる。

そんなことなど知らない泉は、感じているなら大丈夫だろうと、腰の動きを速くした。

「ひっ、あああっ！　やっ、らめっ、ほんと……アアアッ、アッアッ、ヒッン……！」

ぐちゅぐちゅと中をかき回すように穿《うが》たれる。痙攣する蜜口は、陰茎にこすられ広げられていく。その度に、小さな熱が弾ける。

「らめ……いっちゃ、う、あっあぁ！　とまん、ないからっ、あぁっんっ……！」

「はっはあっ、ごめん……僕も止まれない」

そうじゃないという言葉は、嬌声になり絶頂感にのみ込まれる。達すると快感が強くなるようで、もうなにも考えられない。

動きは激しさを増し、泉も自身の快感だけを追い始めている。ぐちゅんっ、とより深く中をえぐられる。子宮口に尖端がとんっとあたった。

「ひぐ……ッ！」

くぐもった声が漏れ、中をぎちぎちに満たす陰茎を絞り上げる。びくびくんっと膣がうねり、強い絶頂感に目の前が真っ白になった。

「あっあぁっ……！」

「んぅッ……涼乃っ！」

泉がぎゅっと抱きついてきて、腰をさらに奥へとこすりつける。最奥に尖端をぐりっと押し当てて、吐精した。

びゅくびゅくと子宮口に注がれる。すべてを欲しがって、中がうねうねと陰茎を締め付ける。泉は何度か腰を振って、最後の一滴まで涼乃に飲ませた。

体が熱い。達したはずなのに、まだ中の痙攣が収まらない。

泉の欲も、すぐに首をもたげた。

「はっ……はぁ……涼乃、まだいい？」

こちらを見る目が欲に濡れている。ひくんっ、と腹の奥が震えた。それが合図となって、泉は返事を待つことなく動き出した。さっきよりも激しく、そして強引に。

長いお預けで、体が敏感になっているのは涼乃だけではなかったようだ。彼もまた、欲求が膨らむ体に引きずられ、一晩中、涼乃を貪った。


翌朝、泉の頭上から数字が消えていることに気づいた。とうとう魔法が解けてしまった。

それを証明するように、シーツには血痕がいくつかついていて、涼乃は真っ赤になってだるい体を起こした。今も寝ている泉を起こし、シーツを洗うのを手伝ってもらいたい。

さて、どうやって起こそうか。溜め息をついて、ふとベッドサイドのテーブルを見ると、スケッチブックが開いて置いてあった。そこには幸せそうに眠る涼乃が描かれていて、思

わず笑みがこぼれた。

彼の目を通して見える世界。それがいつまでも、この絵のように幸せでありますように

と願いながら、同じ顔をして眠る泉に口付けを落とした。

あとがき

ここまでお読みいただき、ありがとうございます。青砥あかです。

今回のお話は、婚活をテーマでなにか書いてみようかなと、ふと考え、そこから婚活する上でほしい能力ってなんだろう。どうせなら下世話なものが面白そう。年収が見えたらいいのではと思い付き、キャラを作って話を展開させてみたら、処女童貞が合意のもとにイメクラなプレイをする話になっていました。

婚活からすっかり離れてしまいましたが、処女のまま特殊なプレイをさせるという制約のもとで、様々なエッチを書くのは案外楽しかったです。

無理やりなプレイや電車での痴漢プレイなど、通常のＴＬではあまり書けない内容です。書くにしても、なにか条件や状況を作り込んでやっと書けるエッチになります。無理やりなどは、その後のヒロインのメンタルケアもきちんと考えないといけませんし、読者が不快にならないラインも模索しないといけないので、けっこう面倒です。

これらの面倒をまるっと合意のもとのプレイにして片付けてしまえるのは、我ながらいいアイデアだなと思いました。プレイなら、なんでもやりたい放題ですしね。

プレイ上の契約やプレイ内容の企画書などは、泉のキャラを作っていくうちに決まりました。なあなあにしてプレイをするようなキャラではないなと。小説では書いてませんが、泉は涼乃と性的な契約をしてから、即HPVワクチンを接種しにいってるなと思いました。そういうタイプです。

そんな彼の誠実さを考えれば、プレイの企画書も作っちゃうだろうなと思って、それならセーフワードも言い出すだろうと、このへんはとんとん拍子で決まっていきました。あまりTLにいないタイプのヒーローかもしれませんが、私は好きです。

涼乃はもっと「お金！　お金！」なキャラになるかと思っていたのですが、過去のことで傷を抱えていて、それが泉の良さを理解できる女性に繋がっていきました。多分、俺様とか強引系のヒーローとでは相性が最悪になったでしょう。そのぶん泉の傷を理解できるキャラになってくれて、バランスのいいカップルで書いていて安心感がありました。

あともっと尺があれば、いろいろなプレイができたなぁと思います。話の展開やページ数の関係でボツになったプレイがいくつかあります。小説では書けませんでしたが、泉と涼乃は今後も様々なプレイを楽しんでいくことでしょう。

想像するだけでわくわくします。今までで一番、いろんなシチュのエッチを書けたカップルだったかもしれません。

では、また次回もありましたら、よろしくお願いいたします。

青砥あか

本書は電子書籍レーベル「らぶドロップス」より発売された電子書籍『エッチのお値段　30歳処女、頭上に年収が見えるようになった⁉』を元に、加筆・修正したものです。

★著者・イラストレーターへのファンレターやプレゼントにつきまして★
著者・イラストレーターへのファンレターやプレゼントは、下記の住所にお送りください。いただいたお手紙やプレゼントは、できるだけ早く著作者にお送りしておりますが、状況によって時間が掛かる場合があります。生ものや賞味期限の短い食べ物をご送付いただきますと著者様にお届けできない場合がございますので、何卒ご理解ください。
送り先
〒160-0022　東京都新宿区新宿1-36-2　新宿第七葉山ビル3F
（株）パブリッシングリンク　蜜夢文庫 編集部
○○（著者・イラストレーターのお名前）様

30歳処女、年収が見えるようになったので人気絵師とエッチな契約しちゃいます♡

２０２４年１１月１８日　初版第一刷発行

著……青砥あか
画……逆月酒乱
編集……株式会社パブリッシングリンク
ブックデザイン……しおざわりな
（ムシカゴグラフィクス）
本文ＤＴＰ……ＩＤＲ

発行……株式会社竹書房
〒102-0075　東京都千代田区三番町８－１
三番町東急ビル６Ｆ
email：info@takeshobo.co.jp
https://www.takeshobo.co.jp
印刷・製本……中央精版印刷株式会社